변두리

황금알에서 펴낸 이상원 시집

내 그림자 밟지 마라(2017)

변두리(2021)

황금알 시인선 226

변두리

초판발행일 | 2021년 1월 30일

2쇄 발행일 | 2021년 6월 15일

지은이 | 이상원

펴낸곳 | 도서출판 황금알

펴낸이 | 金永馥

선정위원 | 김영승 · 마종기 · 유안진 · 이수익

주간 | 김영탁

편집실장 | 조경숙

표지디자인 | 칼라박스

주소 | 03088 서울시 종로구 이화장2길 29-3, 104호(동숭동)

전화 | 02)2275-9171

팩스 | 02)2275-9172

이메일 | tibet21@hanmail.net

홈페이지 | http://goldegg21.com

출판등록 | 2003년 03월 26일(제300-2003-230호)

변두리

이상원 시집

황금알

일촉섬광 내리꽂는 매의 탄성

그만두고

오색반광 볏을 치는 꿩 비둘기

다 그만두고

수묵水墨에 황토물들인

참새들이 보고 싶다.

차 례

2부

3부

4부

1부

어두운 저녁

어두웠을 뿐인데 아무도 없었다.
이파리며 물소리가 산 그림자 속으로 돌아가고
내가 알던 이름들이 몇 개인가 반딧불로 떠돌았다.
여남은 선심을 베풀듯 흐릿한 잔광을 비추는 길이
퇴화된 촉수로 더듬대는 내 걸음을 데리고 갈 뿐
임차한 주거를 찾아오는 동안 아무도 만날 수 없었다.
입을 다문 담장과 대문들에 격리되어 지나오며 나 또한
오장육부 익숙해진 호흡으로 주위를 폐쇄했다.
아침나절 잠시 간밤의 환기를 위해 폐부를 열었던
진종일 자폐한 방 안, 시계며 책들이 낯선 목소리로
변질되어 돌아온 내게 작별의 인사를 준비하며 있고
애당초 만나지 않았으니 슬픔일 수 없는 이별이
망각의 검은 그림자를 지붕까지 내리고 있었다.
하늘의 전등을 켜고 싶었지만 내 권능 밖의 일
어두워졌을 뿐인데, 이어져 널린 시간을 따라왔을 뿐
인데
안에서는 밖을 향해 바깥은 또 안을 향해
겹겹의 빗장을 걸고 있는 저녁, 이 허방을 향하여
아무도 우리를 기억하지 않는 한밤이 오고 있다.

입춘기 立春記

입춘이 지나가도 봄은 오지 않았다.
추위에 주눅 든 세상의 살점을 야금야금 갉으며
보이지 않는 이빨들이 횡행하기도 했다. 기다리자
안간힘을 다해가며 집들은 서로를 붙들고 구도를 지켰
으나
그뿐, 욕망의 비린내에 취한 박쥐들이 배양한 흡혈의
떼거리가
골목마다 불안한 밤을 퍼덕이기 시작했다. 할렐루야
폐부를 뜯긴 채 내몰린 숙주들이 복음이라도 전하듯
새로운 숙주를 전파하며 현기증으로 도는 봄날
부끄러운 얼굴을 마스크로 가리고 저들은
우수 춘분 진창을 첨벙대며 어디로 가는 걸까.
얼굴도 거진 삭아 가릴 것도 없는 내가
묵은 지층 위에 널린 햇살의 잔해를 깔고 앉아
아직도 올려다볼 하늘이 있는 건지 중얼거리고
갈 데까지 가보자, 자욱한 안개의 비린내를 헤집고
퇴화된 동공을 누가 보낸 전파가 송곳마냥 찔러왔다
살아 있는 것들은 어김없이 누군가의 바이러스야.
잔인한 미소를 흘리며 허공이 까마득히 멀어져 가고
있다

하느님의 시계

세상에서 퇴출된 내가 아직 거기 근무 중인 당신과 통화를 한다.

멈추거나 뒷걸음질하는 건 죽음이에요. 분리대를 넘기 전엔 속도를 맞춰가며 앞으로만 가야 해요.

나는 시간의 굴곡을 걸어서 온 사람, 바퀴들의 언어를 알 수도 없었고 지나가는 순간 사라져버리는 길을 이미 아는 까닭에 북극으로 떠날 채비를 서둘러야 했다.

돌아보지 마세요. 환영幻影에 집착하는 눈알들은 도태되고 말거에요.

애당초 눈먼 내게 뒤돌아볼 거울이 있을 리가 없지만, 회춘을 꿈꾸는 누구도 복원의 시점을 대답할 수 없으므로, 하느님의 시계가 거꾸로 돌지 않는다는 건 참 다행이라 생각했다.

앞서간 이들은 어디로 갔을까.

바퀴들의 영역을 벗어나 전파가 잘 닿지 않는 산기슭에 접어들자 무수한 발자국의 지문이 화석 된 산길이 저 혼자 황당하게 누워 있다.

　동지 지나 땅 밑에는 청미루 뿌리들이 하나둘씩 새움으로 지등紙燈을 건다는데 축제가 시작되기 전에 눈들만 모여 사는 산 골 어디 백골 같은 산막山幕으로 숨어야 하는데

　상관없이, 언제나 한결같은 하느님의 시계는 바늘에 나를 얹고 알 수 없는 어디를 향해 무심히 앞으로만 가는 중이다.

새가 날아간 밤

적막을 한입 물고 기다리던 새는 날아갔다.
(뱃속에 가둔 종자를 받아줄 땅이 여긴 없어)
마당귀에 갇혀 있던 어둠이 안개로 풀어져
작은 집을 송두리째 격리시키고, 이슥한 밤이 다가와
애증이 배제된 목소리로 혼자 중얼거린다.
(오늘 밤 새는 모르는 골목 어디서 죽을 것이다)

아침이면 부활한 울음이 죽은 제 몸뚱아리를 물고
낯선 문간을 이리저리 기웃거리겠지만 세상에는
하늘의 숨구멍 같은 꽃밭 따윈 존재하지 않는다.
알아버린 새는 죽음과 부활을 반복하며
잡초보다 질긴 자궁으로 배양되어 문간마다 걸린
축객의 불빛들을 녹여낼 수 있을지, 제 속에 품어
한 무더기 새끼로 잉태할 수 있을지

대낮마냥 불 밝힌 도심都心에서 퇴출당한 어둠이
골목마다 밀려들어 한 번 더 빗장을 지르고
집들은 꿈에서도 이빨 가는 연습에 골몰하여
악착스레 지번을 붙들고 한밤을 빛낸다

존재하는 것들의 합창은 아름답고 장엄하다.

까맣게 착색된 공기에 변질된 외등의 빛살 아래
실뿌리며 잎이며 한 번도 연주되지 못한 종자들의 악
보가
분리수거를 기다리는 봉투 속에 미련을 포갠 채 누워
있고
어디선가 지상의 귀에는 들리지 않는 새소리가
유폐된 마당귀에 졸고 있는 술잔을 흔들고 지나간다.
무시로 되풀이되는 풍경을 별들도 그냥 지나친 뒤
차거운 미풍 한 줄 스쳐 가다 잠시 주정을 흘린다.

(오늘 밤 죽은 것은 새가 아닐 것이다)

한여름 날의 대화

염천에 바다가 끓자 집단으로 폐사된 것들이
누구네 한숨 덩어리로 떠도는 바닷가에 앉아 소주를
마셨다.

삼류시인의 잔이 삼류가락으로 선창을 읊었다
하늘도 바다 어디도 헐벗은 이의 주±는 없었다.

(자유는 사치야…) 해풍 한 줄 내 잔을 스치며 볼을 슬
쩍 꼬집었다
(그냥 넘어, 시시한 인간의 줄임말이 시인이야)

허드레 생을 받은 전생의 죄업들이
허드레 장의를 기다리는 오뉴월의 진풍경.

존재하는 모든 생명의 고귀함은 동등하거늘
(꿈 깨라…) 후렴을 듣는 메뉴판이 히죽거렸다.
(비늘이나 속살 따라 제각각 값인 건 불문의 법이었어)

평등 혹은 자유의 입술들에 수없이 지문 받은 술잔들

쪽으로

　장의를 재촉하던 바다가 다시 한번 전음을 보내왔다

　(측은해, 이 불완전의 완전을 모두가 끄덕이게 될 즈음
거역에 도취한 저 잔 하나 맨 먼저 도태될 것 같아)

　나무 그늘에서 곡哭을 마친 매미가 한마디 거들었다
　(소멸하든 다시 태어나든 우주의 질량은 변함이 없는
거야)

봄날 재채기

봄날은 갈수록 재채기가 심해진다.

너무 일찍 내밀었다 푸르딩딩 얼어버린
새싹들 볼을 보고 거봐 거봐 촐싹대다
나도 몰래 감염되어 재채기를 하고

바람할미 상 치운 지 한참 지난 추녀 밑에
저 혼자 자지러지는 풍경 소리에도 재채기를 하고
녹슨 비늘로 가없는 허공 물살을 건너 물고기야
어디로 가려느냐, 꽃이 되지 못한 꽃들이 잠든 바다를
깨워
어느 섬 자락에 너울치게 하려느냐, 재채기를 하고

갈 테면 혼자 가라 나는 오래 떠돌다 돌아온 사람
헤진 생각 몇 조각 봇짐 메고 낯익은 지번地番을 찾아와
사라지고 없는 문패들을 더듬어 골목길을 얼쩡거리는
갈 데 없는 이방異邦의 바람 한 줄.

개돼지 혓바닥도 꽃무늬로 나풀대는 춘삼월은

부끄러워 가린 눈물 콧물로 재채기를 하며 지나가고
표정도 없이 그저 가는 뒤통수에 대고 꺼이꺼이
저주의 울음 같은, 또 재채기를 하고

아름다운 배신

　도시의 숨구멍 공원에 모여앉아 사람들은 삼삼오오 배
신을 연습한다.
　손목시계 자판에서 오동통 살 오른 이름자 하나씩을
꺼내놓고 잘근잘근 갈아가며 비누 거품 놀이를 한다. 비
명은 없지만 등 뒤로 언뜻 찬바람 한 줄 스쳐 가기도 한
다. 미안해, 실체가 아니잖아.

　갈려나간 얼굴들은 언제나 안녕하다.
　거품들의 농도가 곳곳의 그늘을 넓혀가는 즈음, 고층
의 불빛에 건사된 몸들이 걸터앉아 하계下界를 굽어보며
이 도시의 공원은 너무 어두워, 명도대비를 위해서는 더
많은 잡목들이 필요해, 우아하게 찻잔을 마주하고 있다.
사랑도 꿈도 송두리째 털어주고 오래전에 버려진 별들
이 멀리서 입을 뺑긋거리지만 발음이 될 리 만무하다.

　서로에게 방울을 날리며 거품 속으로 사라지는 사람
들.
　날숨 따라 대기로 퍼져나간 방울들이 지붕마다 몰래
내려앉아, 즐거웠던 기억에 다리를 휘청이며 저마다의

동굴로 돌아간 자궁들 속에서 방울방울 축복의 알들로
재생되기도 한다. 아름다운 배신의 종자들.

그때도 그랬어. 전능하신 어떤 분이 사내도 계집도 맛
도 모르는 멍청이 둘을 만들었어. 새들도 열매 쪼고 새
끼 치는 동산에서 무료하게 떠도는 꼴이 하도 안쓰러워
편리하게 갈라진 혓바닥을 장착한 신蛇이 설득을 시작했
어. 배신해라, 너희가 신이니 지상의 천국 또한 오직 너
희 것이라. 비로소 과일의 단맛 속에서 세상이 열리고
잎사귀로 가린 몸들이 붉게 빛나기 시작했어. 무더기로
쏟아진 축복의 떼거리들이 날름거리는 혀를 탈취하고
배신의 골짜기에 그를 묻어버렸어.

주인을 버린 길고양이들이 공원을 점유하는 시간
줏어 먹던 이야기도 포만하여 숨을 헐떡거리던 어둠이
퍼져 누운 지붕 아래 제 몸을 팔아먹은 여자와 영혼을
팔아먹은 사내가 서로의 위안마냥 나란히 잠들어 있다.
잠이 주는 꿈에서도 연습은 반복될 것이다 완벽하게 제
가 저를 배신할 때까지.

그때쯤 적막만이 홀로 빛날 푸른 별 그림자를 위하여
도시는 비로소 처음마냥 조용하고

　공원의 어둠 너머 허공에는 그곳으로 가는 배가 거대
한 몸을 가린 채 기다리고 있다.

풍경-바탕화면

바다는 갇혀 있다
몇 개인가 둘러서서 저를 붙든 섬들을 가두고 있다
사각의 틀이 다시 이 상극相剋을 가둔 진풍경, 다행이다
흘러가서 어디로 사라지지도 않고
넘쳐서 내 방을 침몰시킬 리도 없는 평화.
온전히 내 것인 양 전원을 켜면 거역 없이 다가와
다소곳이 저를 밝혀 기다리는 순종順從의 저 몸속
아무도 열 수 없는 은빛 치의 열락이 거기 있고
받아줄 리 없지만 무시로 유혹의 미늘을 흘리면서
물살에 비늘 쓸리는 소리, 마술에 드는 재미.
때로는 작은 목선에 고단한 생각들을 뉘이고
망망대해를 중얼거리다가도, 금세 섬에 앉아
끝까지 움켜쥔 섬 뿌리의 끈질김에 주눅 들어
헛도는 내가 유령인 듯 망연하기도 하지만
남몰래 가둔 세상 한 조각 속의 요요로운 한 때.
화면과 나를 가둔 내 방은 사각의 지붕 아래 갇혀 있고
돌아보면 모두가 틈이 없는 밤과 낮의 교차 속에 갇혀
있고
상속 불가 풍경 한 점만 숨구멍인 양 신기롭게 열려 있다.

주소住所

태어나고 살았던 집들은 오래전에 없어졌다.

봇짐 속에 뒹굴던 문패를 버린 것도 까마득한 일이 되자
누군가의 전음傳音들도 주소불명으로 되돌아가기 일쑤
였다.

달팽이가 남겨놓은 집을 보면 괜스레 으깨고 싶어졌
다.

잔류한 농약마냥 남아 있는 체취에 내 몸을 포개라고
곳곳에서 주소들이 아가리를 벌리고, 끝내 끌려가는
백 근짜리 외피도 으깨고 싶었다. 그리운 통나무집
햇살도 세월도 파도 타는 작은 배가, 그러나 환한 배가
꿈에서도 등불이 되어 떠다니곤 했지만, 너무 멀어
몇 생을 건너야 닿을지 셈이 되지 않았다.

나를 위로해 주는 건 다만 하나 바람 소리.

취기를 껴안고 골목길을 헤맬 때나 변두리 개울가
물소리를 거슬러 걸을 때나 그는 늘 거기 있었지만
귀라도 기울이면 아무 데도 없었다. 존재와 부재의
마술을 뒤섞으며 살아 있는 모든 이름들이 나열된
치마폭을 무시로 들춰주는 그 속에, 뜻밖에도

내가 버린 명패가 언뜻 스쳐 보였다. 다행이다
온전한 내 주소 하나가 원래부터 있었구나.
달팽이집이 으깨질까 발조심을 시작했다, 늦게서야.

꿈에서도 시詩를 썼다

꿈에서도 시를 썼다. 꿈은 꿈일 뿐이어서
글자들이 배열을 뒤바꾸기 일쑤였다. 제 자리
제 자리란 명령어가 먹혀들지 않았다.
인면수심人面獸心 몇 번이나 자판을 고쳐 두드려도
수면인심獸面人心 제멋대로 바꿔 서서 히죽거렸다.
희롱이야, 짜증난 내가 담배를 피워 물자 그 연기 속
으로
여우며 곰이며 갈라진 혀를 날름거리는 것들이 스멀스멀
등장하기 시작했다. 이건 詩가 아니야
사람의 젖통을 달고 갓 태어난 나를 젖 물리는 곰이거나
아홉 가닥 꼬리를 간당대며 뇌파를 조립하는 여우 따
위가
어떻게 詩가 되며, 거룩한 내 족보의 첫 마디가 태초에
두 가닥 혀를 가진 신神이 있었다고 시작할 수는 없는
거야.

우라질, 명령 불만 아무것도 통하지 않는 늪에 빠져
잠시니까, 이 진창을 재조립하기로 한다.
내가 아는 사람들 이름을 저들에게 붙여 주는

닮은 꼴 짝지우기. 그러나 이 낱말놀이는 될 일이 아니었다.

하늘 높은 수레에다 톱날 갈퀴를 치켜드는 당랑이나

빗줄기를 타고 여행하는 추어 같은 이름들이 있을 리가 없었다.

그럴밖에, 오직 한 종 한 속인 영장의 명함이 어떻게

진화하지 못한 틸북숭이와 어울릴 수 있단 말인가.

꿈꾸는 이들의 아름다운 허방, 꿈은 그런 거라고

내가 중얼거린 건 언제 적이었던가. 포기하고

터덜터덜 돌아 나와 새벽이 혼자 멍하니 기다리는

내 방으로 오는 동안, 허망이거나 슬픔 따위

아무것도 생겨나지 않았다. 절필해야 하나

詩를 쓰기에는 너무 어지러운 밤이라 생각했다.

우리들의 광장

여자 몇이 지나가자 꽃들이 피기 시작했다
둘러선 고층 건물들은 일제히 창을 열고 박수를 보냈다
피 냄새가 섞여 있었지만 때는 한낮, 창문들은 환기가
필요했다.
이거 봐요, 봄바람이 남몰래 할퀸 자국이에요. 오월
하늘
종다리가 흘린 음표에 찢긴 내 잎 좀 보아요. 꽃들의
눈물이
회오리로 돌면서 한여름을 달구었다. 뜨거웠다.
구석구석 숨어 있던 바람과 새소리가 함성에 체포되어
굴비 묶여
회술레를 돌면서 쌍판을 으깬 채 외곽으로 끌려가고
일 막이 끝난 자리 덩그러니 햇살만 남겨둔 채
창들이 닫히고, 열 때마냥 일제히, 칸칸의 건물들은
컴퓨터가 열어 논 업무業務의 광장으로 되돌아갔다.
돌아온 여자들의 머리에 얹힌 왕관의 보석들이, 자유와
평등과 축복의 메시지를 반짝이기도 했다. 할렐루야
모든 것은 흘러가는 영상의 한때, 흐름을 주재하는
시간은 무변의 지배자. 거역이 안 되는 큰 손을 들어

광장의 머리 위로 밤의 검은 물결을 흘리기 시작했다.

하느님의 창고에 숨어 수배를 면한 조물주가 거기 앉아

하루치의 올챙이를 방류하며 자포자기, 주정을 흘리고
있었다.

꼬리가 짧아진 건 내 탓이 아니야, 기껏해야 외벽 혹
은 꽃들의

그늘이나 헤엄치다 기진하면 무더기로 하수구에 쓸려
가겠지만.

별을 낚는 어부漁夫

저물어 그는 다시 바다로 갑니다. 뭍에서는 더 이상 갈 데도 별 볼일도 없으므로 늙어버린 낚싯대와 늙어서 독해진 술병과 언제든 폐선廢船에 이의 없는 늙은 배가 동행키로 합니다.

따지지는 않지만 눈에 어지러운 불빛 따윈 없는 자리면 좋습니다. 너무 멀어, 하늘로야 던지지 못하는 낚싯줄을 아래로 내리고 물속에서 자꾸만 유혹하는 별 그림자를 낚기로 합니다. 매번 용을 써보지만 해면으로 올라오는 순간 산산이 흩어져 주름살 골골이 찬바람으로 스러지곤 합니다.

한평생의 헛손질을 독주毒酒 한 잔이 토닥여줄 즈음, 보시하듯 제 몸을 던져주는 불볼락이 시그리로 바다의 속내를 밝혀 가득한 입자들을 잠시 흔들어 보여 줍니다. 별이 되지 못한 것들이, 몽달귀신마냥 죽지도 못하고 떠도는 것들이 뭍에서 무더기로 버려진 것들이

조개들은 오래전에 뭍으로 갔습니다. 목 좋은 자리마

다 왕성한 식욕을 풀어 딱·딱·딱 짝·짝·짝 주야장
천 정충들 꼬리를 잘라 먹고 번창하고 있습니다. 하늘로
헤엄쳐 오를 꼬리가 없는 것들이 하릴없이 폐기되는 시
간, 하늘이 텅 비었다고 편서풍이 몰고 온 미세먼지 때
문이라고

　뭍에는 별이 없고 별이 있는 바다에는 따다 안을 조개
들의 노래가 없노라고 술병이 한 번 더 중얼거리는 동
안, 새벽이 부드런 손으로 책갈피를 한 장 넘깁니다. 오
래전에 거세된 어부의 늙은 몸을 데리고 돌아가야 하는
목선은 가는 내내 뱃전으로 삭은 한숨을 흘리고 있습니
다. 낚싯줄이 꼬리를 흔들며 날아올라 별 하나 미늘 걸
어 불꽃으로 요동치는 꿈이라도 꾼다 치면, 그다음은 거
역 없는 파선破船의 날인 줄 저도 이미 알고 있습니다.

갈매기와 바다

갈매기가 외롭다고 노래한 건 시인詩人의 착각이었다.
애당초 그들은
　부리나 깃털 색이 제각각였을 뿐 대기 너머 날아오르
거나
　합체된 탄주를 꿈꾸는 건 불가능한 일이었다. 목선木船
에서 흘리는
　한 조각 비린내에 떼거리로 내리꽂는 식탐의 덩어리일
뿐이었다.
　낯선 해변 어디든 영역을 넓히듯 알을 뿌리고
　그 위에 무심한 죽음의 재를 뿌리면서
　진화하는 눈과 부리로 바다의 속살을 간음하며 즐겁지만

　진정 쓸쓸한 건 바다일지도 몰라.
　보석 같은 포말로 자지러진 정념情念의 숨결이
　그 오랜 세월에도 끝내 되돌아와 누운 슬픔일지도 몰라.

파행跋行

미 · 투 한마디에 괴물로 변해버린 노시인老詩人을 보
며, 한 때
　잠든 세상 공동묘지가 짐승마냥 울던 날을 보며
　종로 네거리를 근육질로 딛고 서서, 회개하라
　지나가는 것들에게 두들기던 북소리를 보며
　파리하게 떨어지는 햇살에 버무려진 소리들이 흰 손에
　보석인 양 반짝이던 아린 날을 보며, 어째서 하느님은
　전능한지 더러 공평한지 알 것도 같은 여름 한낮
　미쳐가는 수은주는 무시로 끓고 넘치고
　불화살의 난타를 예견하고 빙벽의 행성 어디 숨어버린
　비겁한 하느님, 세상의 정충들이 애완의 개 꼬리에 내
려앉는
　미세먼지에 뒤섞여 하수종말처리장으로 밀려가는 동안
　느닷없는 헛바람에 황당해진 자궁들이 남몰래
　마른 발성을 뒤채이다 끝내 재를 날리는 동안
　남은 일은 남은 날에 맡겨두고 사라진 당신의 빈방으로
　한 사내가 가고 있다 위조된 체포영장을 들고
　원죄의 우두머리 도피한 조물주를 찾아서
　그도 또한 비겁하게 숨어 파행의 길을 가고 있다.

풍경風磬

처마 밑에 물고기 한 마리, 통 울지 않는다.
담장이 높은 탓도 있겠지만 골목에서 흘러오는
바람의 부스러기 정도로는 소리는 고사하고
미동마저 어림없는 저 작고 단단한 고집의 덩어리
황동색 비늘에 침묵의 푸르딩한 이끼가 자라도록
언젠가는 흐드러지게 울리라 종 하나만 들고 있다.
울음은 단 하나 남아 있는 희귀의 아름다움
(내가그의바람이되어줄까깊은밤술에젖은알몸을
들이밀고함께부서져점점이울음을흘리면서허공어디
흩어져버릴까. 허구한날남몰래쏘아올린내불의화살들
남김없이받아먹고사라져버린별똥별이그랬듯이
세상너머또한세상, 물고기는그리로가려는것일까)
발정하지 말아라 전화벨이 울리고
부재중인 나는 얼마간 더 허공에 머물기로 한다.
처마 아래 둥그레한 알처럼 테를 두른 그곳에
입술을 닫아버린 몸이 있고 배회하는 술 방울이 있고
외벽에서 떨어진 정충들이 꼬리가 마른 채
마당에 방치되어 널려 있고, 아무래도 좋은 날
체중이 흠씬 줄은 내가 물고기를 대신해 거기 걸려있다.

36

2부

고가古家

금 잦은 대들보 정짓간 실건에도 누가 살고 있는 집들
의 동네
때가 되면 술, 밥상 받아 드시는 고목나무 가지에도
더러 누가 있어
달밤이면 달빛 같은 이야기의 실타래를 타고 마실 댕
기곤 했어.
아홉 가닥 꼬리를 나풀대던 여인네들 끝내 신神이 될
수 없었지만
가닥마다 쟁여둔 재주로 갓머리를 타넘어 마녀가 되기
도 했어.
마녀, 죽지 않는 세월을 화롯불에 현란하게 반짝이던
그들은
불씨와 더불어 영영 떠나버렸지만, 드물게는 어느 가
슴 한켠
묵은 등걸에 붙박여 이따금 적막한 바람 소리로 이는
지도 몰라.
쉼 없이 떠돈 객지도 피곤하여 아득한 시간의 저편
오래된 집을 찾아 그 소리 팔벼개에 뉘이고 도란도란
삭아가고 싶었지만, 나 또한 그 바람이 되고 싶었지만

어느 깊은 지번도 백일하에 금칠 된 등기부를 반짝여

발길 닿는 어디든 객지일 뿐인 지상의 귀퉁이

내 어쩌다 구미호를 연모하여 홀로 뒤척이고 있거니와

수천 년 묵은 별빛이 아직도 내릴런지 알지 못하면서도

끝내 그 가물한 고가古家에 들어 낡은 몸을 눕히고 싶
은 것은

나 떠난 오래 뒤에나 올 것 같은 손주孫主에게

들려줄 얘깃거리 하나 혹 생각날까 싶은 까닭이다.

여우를 만났다

여우를 만났다.
가문 산골짜기 그리메를 따라
마을을 찾았으나, 가물어 앙상해진 골목길이 황당하자
외딴집 허름한 내 술시時를 노크했다. 빗장이 없는 사립
들어서는 그에게는 꼬리가 없었다. 벅수를 넘어가며
아홉 가닥 혼쭐을 낚아내던 요염妖艶이 퇴화된 몸뚱이가
갈라진 혀를 날름거리며 술병을 흔들었다. 하기사
재주가 남았단들 매혹하여 환장할 눈빛도 설렘도 없는
늙어버린 마을 어느 집 사랑채에 화롯불이 일겠냐만
한 장 모피만이 유일하게 남은 재산인 여우야, 이 밤은
문간마다 덫을 놓고 바깥을 기웃거리고
산으로 가는 길은 묵중한 어둠이 이미 지워버렸다.
사람의 흔적이 사라진 지 오래된 희멀건 골목 어디나
폐기된 갈증들이 마른 잡초 위에 흔들거리고
닫히는 사립 너머 삭막한 풍경 한 점으로 사라지는
여우를 만났다. 슬픔 따원 없이
오갈 데 없는 것들을 남겨두고 술잔 속 원시림을
한 바퀴 돌아 나온 두 얼굴의 내 앞에는
은빛 털을 반짝이며 술병이 빈 바람마냥 요요롭고

저만치서 어둠을 두드리는 소리가 술잔을 거듭 채웠
지만
밤이 깊어도 마을 어디서나 여우가 우는 소리는 들리
지 않았다.

조난기遭難記

단언컨대, 이 산에 관한 한 내가 모르는 건 없다고 생각했다.

원래부터 여기 살았으므로 나무며 짐승들 간들대는 몸짓에도 날궂이가 가늠되자 손때 묻은 도감圖鑑 따위 버린 지 오래였다.

이 산은 언제나 한결같은 구도였다.

대부분의 질량인 시커먼 몸통은 현란한 색채로 가려놓고 꼭대기에 빼꼼 얼굴만 내민 채 어디를 허물어 새 종자를 받을지 너드랑은 얼마쯤 설치할지 구름 속에 숨어서 하느님하고만 의논했다.

사방을 점유한 자락에 키 낮은 것들 지천으로 엎드리게 해놓고 중턱에는 때깔 나는 교목들 사이 드문드문 오래된 무덤들도 배치해 두고 있었다.

불현듯 가을이 저물었다.

유유자적 여남은 풍요를 가늠하던 내 앞에 느닷없이 모두가 옷을 벗고 알몸을 드러내자 기괴한 요술의 반죽덩어리가 현기증으로 일렁거렸다. 어울릴 수도 비켜설 수도 없는 황당함이 두려워진 나는 기억 속 산기슭 초막을 찾아갈밖에 도리가 없었다.

갑자기, 사정없이, 통신이 두절된 골짜기며 짐승들이며 납득이 안되는 사태를 혼자 투덜거리며 돌아왔지만, 여기서도 낭패이긴 매한가지였다. 그 많은 겨울을 난 지번이 도무지 기억나지 않았다. 너무 오래 떠돌다 잃어버린 것인지 애초부터 없었던 것인지 그마저도 불분명했다.

경계를 닫아버린 세상의 귀퉁이, 버려진 이파리들 바람에 떠밀려 포개 누운 더미에 굴을 앗긴 토끼마냥 기대앉아 바라보는 하늘은 처량한 빈터였다. 생각 먼 별들도 이미 지운 허방은 무량하게 깜깜하고 눈발은 지척에서 서걱거리기 시작하고 한밤중에 이르기 전 모두가 다 눈에 묻힐 것만 같았다.

그래도, 봉우리서 내려온 바람이 잠시나마 들러 얼어붙은 입술들을 한 번쯤 불러주고 갔으면, 그것으로 긴 잠의 얼굴 위에 내리는 눈이 새하얀 평화일지도 모른다

고 생각했다. 신기하게도

　망각의 입자들에 묻혀 조금씩 더 얼어가는 땅 밑 어디에서 희미하나마 한 가닥 온기溫氣가 올라오는 게 느껴지기 시작했다.

겨울 들판

새 떼가 날아간 쪽 하늘에서 어둠이 내려온다.

마을은 집들의 둥지, 섬이 되어 사라지고
둔좌된 바람이 속절없이 참새 한 마리 데리고 와 눕는다.

추녀가 사라진 시대의 외곽 벼 빈 그루터기
작은 몸을 자꾸만 움츠리는 노숙의 잠 위에
어둠이 다시 한 켜 홑이불로 덮이고, 이내 잊혀졌다.

불야성不夜城의 하늘에서 밀려난 별들이 하나둘 모여드
는 시간

낟알을 쪼며 열린 숭숭한 구멍 위에 서리가 내리고
얼어서도 더러 따스한 눈물이 방울져 내려오고
기다리던 들판은 비로소 입술을 연다. 처녀마냥
새하얀 입김들이 서로를 부여잡아 서릿발 서는 소리
지등紙燈빛이 나즈막이 미열에 떠는소리.

아무래도 몇 발치 뒤로 비켜서야 할 모양이다.

45

능사 일지

내 몸에 비늘이 돋아나기 시작한다.
오장육부 숨어 있던 뜨거운 결석들이
통로가 열리자 일제히 쏟아져 수만 개
혓바닥 문양으로 전신을 덮기 시작한다.
그만해, 저주와 독설에 놀란 내가 소리쳤으나
배설의 쾌감에 맛 들인 막무가내 세포들을
자극하는 무엇이 내가 아니라는 사실이 서글펐다.

그냥 가자. 내가 처음 떠나온 곳은 첩첩 어둠 너머, 하
얗게 빈 기억의 머리통 하나로 무변천지에 내던져져 하
나씩 주워 담아 채워가며 왔다. 쌓일수록 짓눌려온 몸통
은 고단한 입김을 내뿜으며 끌고 온 무게는 무어였나 간
간 되물었지만 다 지나가는 거야, 거룩한 말씀이 다독여
주곤 했다. 그때마다 몇 개인가 쌓여온 결석들.

나는 위대한 유전의 소유자, 신神들이 노닥대던 지상
에 비로소 그대들의 천국을 열었던 차고 붉은 피를 물려
받았으므로 가장 낮은 땅을 밟으면서도 냄새나는 물을
먹지 않았다. 머리를 하늘에 들이밀고 승천을 노래하는

몸통들이 잎 속에서 몰래 흘린 시간의 잔햇더미를 지나
오면서도 배설의 흔적을 남기지 않았다. 세포마다 엉기
는 독설을 달래며 심장의 온도를 식혀가며 왔다.

　저만치 다가서는 산기슭이 예비한 내 긴 잠의 땅굴에
들 때는
　원래였던 수묵빛 외피였으면, 중얼거리며 마냥 가는
내게
　뼈다귀만 남은 잡초들이 입을 삐죽거린다, 상관없어
　기억은 언제나 시간의 저편으로 사라지는 거야.

　우라질, 때아닌 겨울 뇌우雷雨가 몇 번 들판을 흔들고
내 몸은 다시 발정을 안달하기 시작한다, 비늘이 더 필
요해.
　갈라져 나불대는 혓바닥의 갈등은 소리가 되지 않는
다.

다시 바다에서

나는 다시 이 바다에 돌아왔다

죽어서 물새가 된 아이들이 끼룩끼룩 떠다니는 내해內

海를 지나서

끈적이는 육풍과 인고하는 섬들을 다 지운 바다가

스스로 일망무제 적멸의 자궁 하나로 누운 문 앞에 이

르렀다.

처음과 끝이 다르지 않다는 걸 늦게서야 알았단들

먼 길의 쩍에 덮힌 뱃전의 무게를 허허롭다 할 것인

가.

알 수 없는 깊이 어디 반짝이는 비늘을 향해

저물도록 흘린 낚싯줄의 한숨도 접은 지 이미 오래

낡은 몸을 물살에 내맡긴 배는 그저 흘러가지만

스쳐 간 바다의 속내를 되새기는 꿈이라도 꾸는 듯

이물을 연신 끄득이며 눈앞에 이르도록 수평선을 잇고

있다.

바라본들 깜깜한 저 선線 하나 넘기 전 한 때를

조각난 부표들이 고단했던 날들을 두런이며 지나가고

멀리서 드문드문 어로등이 낯익은 손을 흔들듯

더러는 따스하게 깜박이는 저녁, 그 너머 기억 먼 부두

몇 개인가 불 꺼진 집들을 향해 때늦은 용서의 말을 전한들

실없는 바람 한 줄일 뿐이겠느냐. 다시 잔을 채우며 귀 기울이면

뭍으로의 긴 여정을 끝내고 돌아온 이 바다에, 수고했다

동행하는 물살과 뱃전이 나즈막이 서로를 토닥이는 소리.

마지막 언어를 줏어 물고 부활의 자궁으로 가기 위해

갈매기가 몇 마리 끝없이 낯선 어둠 속을 선회하고 있다.

위기십결 圍棋十結

위기십결은 섹스십결이야.
저속한 요설이 몰매를 얻어맞자 황급히
술잔 속에 숨어 폭풍을 피했지만, 제기랄
백지와 중생의 말도 구별하지 못하다니.
부득탐승不得貪勝, 이기려는 욕망에 달떠 설쳐대다가는
달아오른 돌의 힘이 천방지축 조각나 흩어져
제풀에 나가떨어지고 만다는 말인데
상대가 내비치는 호흡을 읽어 음미하고
호응하거나 비틀어 유혹하거나 밀고 당기면서
파도 타는 재미 뒤에 비로소 승리가 온다는 말인데
이거나 저거나, 백지에 적으면 시詩가 되고
술잔에 채우면 중생의 말이 되나.
바둑판에 새겨 천 년을 일러온 이 말을
까먹고 후회하고 까먹고 되새기고 또 까먹고 하다가
한 시절이 가고 생이 가고 시대가 가고 그래도 또
거듭거듭 되풀이하며 사람들은 바둑판을 돌지 않나.
경계를 범할 때는 살금살금 밤도둑마냥 반응을 봐가
면서
떡고물로 흘려가며 알 속은 내가 먹는, 입계의완入界儀緩

기자쟁선棄者爭先

　이게 어디 바둑만의 얘긴가 사는 일 잔일 큰일 어디든
안 그런 게 뭐 있겠어. 그 나물에 그 밥 먹으며
세월도 거진 흘러 이제는 주인이 된 술잔이
하인마냥 사려 앉은 내 속을 툭툭 친다, 위기십결은
섹스십결이야.

* 위기십결: 열 가지로 정리해 놓은, 바둑 두는 근본 요결.

늦은 산책

햇발이 기울수록 그림자만 길어진다.
미련처럼 굳이 동쪽으로 눕는 무게를 달래며
개울물이 나즈막이 수런대며 지나가고
둑길은 저만치 낯선 산기슭으로 뻗어 있다.
생각도 기다리는 뉘도 없는 해 질 무렵 산책길
모르는 풀꽃 하나 새로 새겨보기에는 눈이 이미 어둡다.

어둠이 내리는 쪽이든 상관없이 내가 걷듯
마을도 한 걸음씩 뒤따라 오고 있는지.
불멸인 양 길게 누운 지번地番들 위에서
문패를 바꾸느라 시간은 늘 분주했지만
돌아오고 떠나는 것들 또한 서로에게
그림자가 되어 분주하지 않았던가.

저문 날 저문 산책을 얼러주는 바람에도
슬픔을 잊은 내가 몰래 흔들리고
이제 곧 밤이 오려는지
먼 산이 이만큼 다가오고 있다.

겨울비

얼빠진 주정처럼 뇌우가 일었다.
겨울 새벽, 어수룩한 골목길이 잠시 흔들렸지만
아무도 내다보지 않자 이내 조용해졌다. 하늘의 민낯
바라볼 무엇도 없는 줄 이미 알고 있었으므로
창들은 견고한 얼음 틀이 되어 빗장을 내려 있었다.
뇌우는 흩어져 푸념마냥 토닥토닥 빗방울로 내리고
집들이 뿜어내는 이 지독한 냉기
허공으로 끝없이 절어 있는 냉기에 주눅 들어
바람 몇 줄 겨울비를 데리고 변두리로 사라진다.
굳이 몸을 붙박아 청승맞게 젖고 있는 가로수들, 위로
지상에 내려와 마천루의 외벽에나 반짝이는 별들이
무심한 눈길을 잠시 흘깃거리고, 지천으로 엎드린
하숙의 방들은 천정에 자욱한 가상화폐의 별무늬에
취해, 바깥의 행적과는 무관할 뿐이다. 산 너머 어디
먼 나라의 항해를 기다리는 막배가 있다지만 겨울비는
아무도 거기까지 데려다주지 못한다. 아침이 다시 오고
잠시 흔들렸던 골목길은 날빛으로 소제되고
안부를 건네면서 집들은 한 뼘 더 성숙하고, 변두리는
빗소리를 데리고 얼마간 더 멀리 밀려나 있을 것이다.

변두리

누가 여기 다녀간 적 있었던가 몰라.

아니, 더러 많은 신발의 지문들이
한 치 아래 지층에서 화석이 되어가는 중인지

한때 맛깔난 生들과 붐비던 야생의 꽃 이름들이
기억을 껴안은 채 굳어가고 있는지도 몰라.

봄은 는개를 풀어 적당량의 시야를 가리고
그 속에서 무슨 무슨 씨앗들을 뒤섞는 중인데

그래 봤자 쇠잔한 꽃대궁 몇이 저들끼리 부대끼다
지나가고, 계절도 바람도 다 지나가고 나면

멀리서 집들을 껴안고 불빛들 소문마냥 무성할 즈음

갈 데 없는 빈 술병 몇 개가 여기까지 흘러들어
부르튼 입술을 다물고 얼어갈지도 몰라.

이따금은 별빛이 그래도 세상 한 조각이라고
희미하게, 잠시 반짝이고 지나갈지도 몰라.

변두리
— 장마비

찬비를 노 맞으며 떨고 있는 풀들과 거기 걸려 너덜대
는 바람 휑한 농로
청승맞은 풍경 속으로 누가 걸어 들어간다 모두가
별 · 볼 · 일 없는 혼자다.

멀리서 집들이 지붕 아래 엄폐해 젖지 않는 요술을 주
고받는 한 때
간밤 모공마다 끈적이던 뜨거운 것들이 무더기로 떠내
려와 개울은 진창이다.

발작난 짐승마냥 시야를 짓뭉개는 빗줄기, 소리의 장
막 너머에서
울음이 터진다 울 줄도 모르는 것들이 울음이 사치인
것들이

속내까지 다 젖은 혼자인 것들이 막무가내 목놓아 울
어 빗소리를 압도한다.
어쩌다 한 번 이런 날은 들판인들 도리가 없다. 저도
퍼져 누워버린다.

변두리
— 만남

한 사람을 만났다. 아득한 세월의 저편이
물음표를 던지듯 문득 꽃 하나 내밀었다.
이미 어두워져 알 수가 없는 내가
오래된 그 빛깔에 흔들리고 있었다. 슬픔이 일었다.

마를 대로 마른 기억의 골짜기 어디에서 느닷없이
꽃은 생겨난 것일까, 해맑은 목소리를 흔들어
변두리 빈터에 널린 적막을 들춰내는 것일까.

너무 멀리 떠나와 다시 갈 수 없는 고향마냥
한 줌씩의 상처를 안고 술병들이 사라진다.

잡雜꿈에 시달려 초췌해진 밤들이 켜켜이 쌓여 있는
낡은 집을 더듬어 돌아가는 골목길, 술에 젖은 어둠이
어째서 만남은 슬픔인지 묻는 나에게, 허공에다 점점
눈발마냥 별빛을 흩날리며 다독이고 있었다.

밤은 이제 막 시작하는 중인데, 한 사람이 가고
바람이 없는데도 기억 먼 저편으로 날려가는 꽃잎들
오늘 밤 내 꿈은 골목길에 묻혀 돌아가지 못할 것이다.

변두리
— 그 마을

아직 그 마을에 누가 살고 있습니다.

아이들은 오래전에 별을 좇아 떠나고 기다리던 문간도 사라지고 없지만, 덜 삭은 써가래를 천생연분 삼아 눌러앉은 지붕 몇이 살고 있습니다.

버려져 마른 나뭇가지마냥 누운 마실길에 기생한 질경이며 칡넝쿨이 읽다 버린 동화책을 중얼거리며 함께 살고 있습니다.

발정 난 달빛을 머금고 박꽃 속에 피는 처녀귀신 얘기 따윈 들먹이지 맙시다 설레어 뒤채이는 일들은 한 줄 바람에도 상처일 뿐입니다.

읍내에서 퇴출된 주모酒母와 연인煙人을 데리고 나도 여기 삽니다.

살아서 떠도는 곳 어디나 객지란 걸 알고 난 뒤였지만, 보도 듣도 못하는 그들은 내가 영 홀로일 때 안개 같은 전음을 보내기도 하고, 그런 밤 우리는 한 데 얼려 새끼를 치기도 합니다.

태어난 새끼들은 키 낮은 나무로 하나둘 불어나 후원後苑은 제법 그득한 분재盆栽밭이 되었습니다.

보잘것없겠지만 이제는 철 지난 불임不妊의 잔으로 둘러앉아 이따금 흔들리는 몸짓들을 되새겨 보는 것도 고마운 일입니다.

그 아이들 자라 멀리서 별이 되어 반짝인다는 소문을 바람결에나 들으며 새하얀 서리 내린 밤을 홑이불인양 덮고 누워, 그렇게 추녀의 품을 파고들던 참새들의 얘기를 두런거리노라면 겨울밤이 더러 따스할지도 모릅니다.

그럴 리 없는 목소리가 기억의 문을 두드린들, 대답할 수 없는 누가 아직 여기 살고 있습니다.

변두리
— 봄밤

그때 쯤 그 마을에는 꽃이 지고 있었어.
허구한 날 만난 달빛도 시들해진 것들이
살아서는 벗지 못할 동구 밖을 바라 안달하던
모가지를 뚝 뚝 떨어내고 있었어.
지지 않는 꽃이 있기야 하겠냐만
한 번도 뉘에겐가 보여주지 못한 채
떨어지고 싶은 꽃이 또 어디 있겠어.

버려져 누운 것이 꽃잎만은 아니야.
글자도 거진 끝난 주소불명 날인들이
제 몸을 공양하며 거름이 되어가고
고향을 찾습니다, 한때 횡행하던
그 바람 삭아 누운 뒷산에는 잡목들
철부지마냥 무덤을 딛고 자라 고맙게도
부끄러운 시간을 가리고 있었어.

이슥토록 돌아오지 않는 새소리를 기다리던
저녁은 그래도 아직 사립 밖에 서성이고
어스름을 둘러쓴 땅거죽 밑에 숨어 지렁이가
밤을 새울 듯 저 혼자 가늘게 울고 있었어.

변두리
— 새야

이 산에 와서 울어라
목이 하얀 새 한 마리.

시샘인 듯 궂은 한 철
온둥만둥 봄도 가고

난분분 초록 덧칠에도
깃들일 그늘 어디든 없어

변두리 저문 허공 너머
목이 마른 적막 한 줌.

잔설을 하늘 바라
세상 바깥 저 홀로 선

이 산에 와 잠들어라
꿈이 하얀 새 한 마리.

3부

위성시대衛星時代

하느님의 지도에 등재되지 않은 위성들이 도처에 나타났다.

도시의 머리 위 비밀한 공간을 알처럼 떠서 돌며 제한된 사람들이 뇌파를 출입시켜 지상에 내려오는 공기의 밀도를 조절하고 있었다.

가끔씩은 고장 난 뉴스가 소문으로 횡행하기도 했지만 기류의 변화를 조절할 줄 아는 숙달된 비행술이 쉼 없이 올라오는 뜨거운 와류를 타고 안녕할 수 있었다.

유령의 알들은 햇빛을 분해해 한 가지씩 차지하고 불멸의 광채를 반짝이다 포만하면 잠시 사라져 땅거죽의 질서를 희롱하기도 했다.

중간에서 사라지는 햇빛과 비의 양을 까맣게 모르는 하늘도 이젠 늙어 지상의 시야가 흐릿한 지 오래되자 심판의 날을 기다리던 것들이 일제히 일어나 심판의 주문主文을 휘두르기 시작했다. 위성의 권세가 만발한 지상에서 거칠 것이 없었다.

놀란 지축地軸이 슬금슬금 갈 지之자字로 도망가기 시작

하고 그 빈자리에 요염하게

　포장된 저주의 주문呪文들이 그때마냥 흰 눈으로 쌓이고 무심히 바라보던 나는 축복의 말이 떠올랐다.

　팽이마냥 돌아라, 모든 빛이 태워져 마침내 하얗게 단색으로 반짝일 때까지.

　차가운 금속성의 시침時針이 열두 점 하늘의 섬을 향해 마지막 항해를 시작하고, 지축은 어디에도 나타나지 않았다.

까마귀 혹은 오류

억새풀은 이름이 왜 억새일까 하고 생각했다.
부드러운 음절로 태어나 한풍에 삭아 눕는 동안, 한 때
바람과 어둠을 견디느라 독 오른 톱날을 세웠을 뿐인데
더 오래 벼린 날을 휘저어 온 나처럼 발음도 뜻도 순한
이름 석 자 어째서 선사 받지 못했을까 생각했다.

저녁놀에 붉게 녹슨 솔가지에 문득 내린 새 한 마리
무심결에 입속에서 발음이 굴러갔다. (까마귀야)
제멋대로 작명作名 마라 까막눈아 주검 위를 떠도는
불길한 한 줌 검은 덩어리가 보이니, 세월도 만 년 삭
으면
단색으로 물드는 건 안 보이니? (그래도 까마귀는 까
마귀)

본시 내 집은 일망무제 빛이었어. 시원始原의 막막 허
공에 이 별 저 별 밝혀내던 들끓는 불의 정화가 축복으
로 내린 거야.
변하고 잊어가는 세상 주름 골골마다 하늘이 예비한
업장業障 저물도록 일렀건만 지상의 어느 귀가 그 말을

알아들어

  그러니 홀로 적막한 날개 외딴 솔가지에 접어봐도 낯
설어 황당한 눈길 바랄 데가 없을밖에.

  까욱 까욱 탄식을 흘리고 날아가는 등 뒤에다 나는 다
시 중얼거렸다 그래도 네 이름은 까마귀. 하기사
  주정뱅이 화냥년 아귀 독사 우리가 못질해 내다 버린
그 많은 얼굴들이 색색의 눈물 무늬로 방울방울 비 내리
는 날도 있긴 하더라만

  사라져라, 밤일을 준비하는 산이 허깨비를 들먹이며
  쓸데없는 것들을 축출하는 시간
  쓸데없는 생각을 툭 툭 먼지 털며 하산하는 발걸음이
  이름 혹은 문자의 오류를 투덜거리느라 더러 어지럽기
도 했다.

새들에게

증오하라 새들아 너희가 날은 허공 어느 한 시절인들
둥지 틀 숲은커녕 볼 붉은 열매 한 줌 예비 되어 있었
더냐.
허접한 공간 너머 몇 생을 날아도 닿지 못할 그곳에서
별들은 날밤을 희롱하며 반짝대고 있는 것을.

햇살들 연신 쪼아 꽃불 같은 음표를 흩뿌린다 한들 뉘
라서 듣겠느냐. 들판 하늘 밀어내고 나날이 부풀어가는
집들은 견고하여 지난 일 철 지난 소리 다 차단하여 안
녕하고, 발아래 아랫것들 굽어보며 저들끼리 세상 속 또
한 세상을 이뤘거니

변두리 외진 숲 자벌레나 쪼아본들 감당 못 할 갈증을
거품 물고
치솟아 빈자貧者의 일 점 등불인 양 날고 또 날아 봐도
살아서는 어찌 못할 세세년년歲歲年年 이 허방을 분노하
라.

한랭전선

겨울이 깊어가도 슬프지 않았다
몇 개인가 계절을 지나오며 아무도 사랑한 적 없으므로
그 허방에 매몰되어 살점이나 핏방울을 허비한 적 없
으므로
온전한 심신을 안도하며 한겨울을 맞이할 수 있었다.
장마비에 밭들이 헐떡이든 먼바다에 귀성이 일든
무관해도 좋을, 흔한 뉴스 한 줄로 지나가는 습관은
굳건한 안녕을 담보하는 비결이 되어 있었다.
마침내 이 땅에 한랭전선이 찾아왔다
앙앙불락, 뒤바뀐 기상도를 고대하던 부실한 몸들이
칼바람에 되려 남 먼저 비명으로 내몰릴 즈음
온전한 감촉을 가진 나는 재빨리 그 속으로 몸을 섞어
탄탄하게 한 무리로 합류할 줄 알았다. 변신은 아니었다
얼어 죽든 얼음으로 남든 그것들은 한 데 뒤엉켜
어차피 한 철을 견디게 되어 있는 운명의 존재들.
적당한 높이를 떠다니며 쉼 없이 냉기를 섭취하고
얼리기를 반복하는 즐거움은 내 일과일 따름.
계절이 바뀌어도 걱정할 일은 없었다.
그때쯤 한랭전선은 어느 개울 폭우로 적응하여
보란 듯 쓸고 가는, 또 하나 권능이 예비 되어 있으므로.

봄, 축제

미친년아, 다시또봄이왔다. 새빨간주둥아릴잡어마냥벌름거리며금새맺은꽃망울한소쿠리바다에흩뿌리며놀아라. 향수로가린몸통속진물냄새도훠이훠이뿌리면서귀신들불러모아장을치고놀아라. 잡신들은총내린시커먼안개를자궁가득쑤셔넣고박쥐떼박쥐떼로풀어골목마다파닥거리며놀아라.

입춘우수立春雨水지나가는하늘에는부끄러운햇살들이구름너머숨어있고, 부끄러울거없는쌍판들은안개방울속에들앉아지천으로달겨붙는다. 안방에는빗장들풀리는소리, 오래묵은문패가떨어지고산란을마친귀신들이떠나간집앞에서느닷없이하나둘가로수들쓰러지는소리, 육신을버려두고새가된혼들은뒷산솔가지에황당한눈알로매달려있지만시야가가려진하늘에선아무런기별도보내오지않는다.

오만과욕망의보석들이표독하게빛나는요술의왕관을볏처럼머리얹고광장의하늘로재림하라미친년아. 미친손을흔들며거룩한어미를울부짖는새끼들과또그새끼들더불어점령한땅을불태우는환각의불길을둘러싸고회를치며놀아

라. 발정난광기의 불에 타서 재가 되도록 놀아라.

남아있는 집들이 불안한 눈알로 연신 전파를 날려보지만 먹장구름에 막혀 철늦은 진눈깨비로 추적추적 내리고, 기다리던 새들을 데리고 뒷산이 가시거리 너머로 사라진다. 아직도 미친년 발정 냄새로 깔깔거리며 안개는 요령소리마냥 자욱하고 불안에 떠는 것이 집들만은 아니다. 누가 연신 고개를 갸웃거리며 시간이 사라지기는 아직 한참이르다 중얼거리고 지나가지만, 조금씩 부풀어가는 귀신들의 알이 뿜는 오색의 빛에 미련처럼 기웃거리는 집들의 내장이 텅 비워질 때까지, 멀리 바다에서 돌아온 꽃들의 울음이 아기마냥 그 속에서 잠들 때까지, 진물에 절은 이 축제는 계속될지도 모른다.

꿈에서 화타華陀를

화타를 만났다 세월의 길이만큼
저만치 앞서 가는 그의 어깨에 매달려
치유불가, 한 시대의 몰골이 덜렁거리고 있었다.
세상에, 아직도 저런 남루襤褸를 걸치고 다니다니.
거듭거듭 재활용으로 태어나는 난장판의 끈질김
색색의 화려함과 싸구려에 대하여 말해주고 싶었지만
누가 나를 붙들었다. 흠칫 돌아본 순간, 놀라워라
사람은 어디 가고 형형색색 옷가지들이 우리가우리가우리가
남이야남이야, 남이아니야 사방천지 좋알대고 있었다.
날줄 씨줄 에워싼 옷들의 감옥에 내가 갇힌 뒤에야
저만치서 힐끗 뒤돌아보는 그의 알 수 없는 미소가
내 동공에 날아들어, 오래 묵은 안질을 지워냈다.
옷 속에 숨었던 세모 혹은 네모난 얼굴들이 나타나고
일면식도 없는 족보들이 창살마다 부적마냥 치렁거리고
어지러워, 이건 고문이야, 비명을 지르는 내 동공 저만치
남루를 매달고 꿈 밖으로 사라지는 세월의 간격이 보이고
마침내, 현명한 아낙네가 옥문에 다가와 연인마냥 속삭였다
—불쏘시개가 필요해.

멸치

하필이면 그때 왜, 멸치떼가 생각났던지 몰라.
광장에 자욱한 입술들이 군정종식! 물방울을 뿜어낼
때마다
가없는 허공 바다에 푸릇한 비린내로 파닥이며 떠가는
발악 같은 생의 몸짓들이 겹쳐서 떠올랐던지 몰라.
움츠리고 숨었던 깨알만 한 소리들이 모이고 모여서
막무가내 소용돌이를 일으키는 장관에 주눅 들어
거대한 아가리들 슬금슬금 물러나는 진풍경이
어째서 소리 내어 울고 싶었던지도 몰라.
지금이사 욕망에 뻐끔대는 주둥이들 다 어디 숨겼는지
누구나 축복의 메시지를 내리는 시절이지만, 받아도
받아도 끝이 없는 갈증을 포장해 꽃마냥 웃는 날이 되
었지만
그때 그 멸치 떼는 누군가의 자양분이 되어 자유 혹은
민주의
살점들이 되어, 세상의 체중을 불려 놓은 것인지
체중만큼 핏방울도 달게 돌고 있는 건지.
요즘도 비 오는 날 괜스레 생각나는 청승
허공 너머 별 밭으로 헤엄쳐 간 멸치들이
빗방울로 점점이 내려, 텅 빈 뼈마디 속
파장을 긋는 꿈이 어째 더러 그리운지 몰라.

벽

그것이벽인줄도모르면서헤매고중얼대던날도청춘이긴
했던거야?미친놈얼빠진놈머리채를뜯어봤자세월은알맹
이만홈쳐먹고까마득히가버렸어.쭈그러진껍데기로골목
길에딩굴어이리저리채이면서생각마저말라비틀어진박바
가지마냥따그락거리는소음을기침하듯뱉아가며,그래도
아직불화살날리는꿈을꾸고싶은거야?희멀건취기를내뿜
으며그속에떠도는방울들이잃어버린별을닮았노라고히죽
거리던건또다른누구였을까?

벽은벽일뿐이야.심장의온도를뒤바꿀듯살점들헐어가
며날려보낸화살들이누군가의창을열긴고사하고완고한담
벼락에궤여골목길찬바람으로떠돌다사라져도,그런줄까
마득히모르고열병마냥전음에골몰했던날을생生이라고믿
은거야?담장과창문과내실마다겹겹으로빗장을건그속에,
골목길을헤매는사람따윈도무지알수없는탐스런열락들이
화분마다풍요롭게어우러져있거든.변화는죽음이야.벌레
마냥날아든바깥의냉기와불화살에감염되는날이면아름다
운평화는단숨에이지러져철지난이파리로말라흩어지거
든.

74

골목길을헤매던새하얀취기들이증발을거듭하고하늘에
는드문드문구름들이눈송이를준비하는중인데, 악착스레
봄날을매어놓은집집의내실에는누가살고있는건지. 적선
마냥내던져진몇줌가등街燈빛아래서돌아가누울셋방마저
잊어버린마른눈에물방울이물방울속에너무오래묵어변질
된시간들이어리면서이슥토록골목길을열고나서지못하는
내가또하나다른벽이되어가고있다.

머나먼 나라

1.

지금은 아무도 거기 살지 않지만
아무도 거기 누가 살았다고 말하지 않지만
만년설 깊은 잠 아래 침묵하는 세월이여, 지금 여기
기약 없는 바닷가 뭍의 끝에 떠밀려와 등 기대고 돌아
보면
그 하늘 일곱 개 별을 헤며 반짝이던 꿈결인들 언제던
가.
너무 멀리 떠나와 돌아갈 수 없는 고향도 그렇지만
알 수 없는 세상으로 새가 되어 날아간 산들과 그 산
능선마다 줄지었던 무덤들의 사연인들 어쩔거나.
碑文 몇 자 더듬어 선잠 깨는 밤 더불어
하늬바람 샛바람 무시로 들썩이는 이 바닷가에 살면서
그 꿈 하나마저 사라지는 꿈에 가위눌려 용마루는
남몰래 몸을 열고 귀성으로 울지만, 하늘에는 끼룩끼룩
북녘으로 가는 새가 눈 덮인 무변천지를 흘리면서 갈 뿐
동사凍死의 불순한 길을 나설 새끼들은 회임되지 않는
다.

아무도 살지 않는 그 나라의 별빛이 술잔 속
암울한 물살로 일고 스러지고, 무심하여 상관없는
바다는 언제나 변함없는 목소리로 흥얼댄다. 잘 자라
푸르딩한 낙인을 지운 새끼들이 줄줄이 태어날 때까지.

2.

이따금 내 꿈을 흔드는 나무 한 그루 보아.

유세차維歲次 햇살 여문 시월 상달 초사흘에
흑수黑水가 신단神壇에서 하늘 우러러 섰던 나무

그 하늘에 두둥실 뜬 하얀 산 빛깔로 둘러앉아
짐승꺼정 불러 모아 젖 먹이는 저 사람들도 좀 보아.

바람에 구름 비를 우수수 흔들면서
첫울음 터뜨리는 세상 안아 일으킨 나무

삼신할미 머리 이고 만 리 먼 길 걷고 걸어
해 뜨는 땅 동녘에 새 빛살로 선 자태 보아

세상천지 다만 한 그루 반斗 만萬에 우수리 일천
더불어 살은 세월 한빛살 다 풀어준 이 날

갈 데 없는 변두리 내 꿈에나 잦아들어
흐릉흐릉 홀로 울음 푸는 이 기막힌 사연도 좀 보아.

머나먼 나라

— 천년송千年松

비탈진 바닷가 관광 일주도로가 생기면서 뒷산이 마을을 데리고 대륙과 한통속이 된 것은 오래전 일이었다.

바다에 막혀 오도 가도 못하는 자투리 새로 생긴 지번의 묵은 암석 위에는 세월의 천 년 굴욕을 견뎌온 소나무 한 그루

안쓰러워 치솟은 암반이 속내를 열어가며 한 폭을 받혀줄 뿐, 쉼 없는 해풍에 가지도 키도 잃고 하늘만 바라 엎드린 저 애껴운 혈혈단신.

웃자란 벚나무들 무더기로 상춘의 꽃 등을 다느라 지척에서 길은 밤에도 환하게 밝은데, 한 때일 뿐이야 자위하듯 중얼거려도 보고

머리를 연신 조아리며 지나가는 배들의 한낮을 그리운 옛적인 양 굽어보며 더러 씁쓸하지만, 그래도

남몰래 여무는 솔씨들 눈빛을 반짝이며 잃어버린 먼 산을 바라보고 있다.

머나먼 나라
— 할미꽃

바람이 심한 날은 뒷산으로 갑니다.
산발한 머리카락 나불대는 넝쿨밭을 지나 산정에 이르면
무덤도 이미 삭아 오래 묵은 바위 몇 입시人侍한 그곳에
지금도 봄이 되면 할미꽃이 피어
빛바랜 세 송이 전설마냥 홀로 피어
먼 마을 첫울음 기다려 귀 기울이곤 합니다.
쉬임없이 봄을 연 세월도 이젠 지쳐
세세연년歲歲年年 헛걸음 길을 나는 차마 볼 수 없습니
다.

 눈 들어 바라보면 북녘 아득히 첩첩 산들
 할미꽃이 필 때마다 날려 보낸 새들은 끝내 그 너머
 눈 내리는 무변천지로 날아가지 못하고, 골마다 삭아
내려
 지금도 달밤이면 눈물 같은 꽃으로 피어 흔들리고 있
겠지요
 너무 멀어, 그 울음 한 올인들 들을 수가 없습니다.

 무심도 갈래 굳은 산자락 낮은 등을 경계 삼아 서로가

등을 돌린 몇 개인가 마을들, 평화론 풍경으로 시야를 가린 채 밤낮없이 제 작은 지번을 움켜쥐고 있습니다. 산 너머 대처를 휘돌던 바람 같은 새끼들 점지받는 일 따위 잊은 지 오래겠지요.

이제 그만 내려가자.

저무는 소슬바람이 옷깃을 채근하는 산허리 눈길 돌려 내려다보면, 푸른 별 그림자에 움츠린 초막은 긴 잠을 준비한 채 기다리고 있습니다.

변질된 옛 얘기를 베고 누워 잡꿈에 시달려온 밤에도 종가宗家의 제등祭燈은 오래 기다렸지만, 아무도 오지 않는 저 외딴집에 내가 가서 잠들고 일곱 개 별들이 북녘 멀리 잠들면, 낯선 지번 위에 낯선 주인들이 오색의 잔치 불을 반짝이기 시작하고 그때 쯤

할미꽃도 이 산에 삭아 누운 무덤들 얘기도 영영 잊혀지겠지요.

머나먼 나라
— 기마전도騎馬戰圖

먹거리가 끝나자 아이들은 삼삼오오 편을 짜기 시작
했다.

색깔 다른 깃발 아래 몇 무더기로 뭉쳐져 든든한 간판
을 내세우고 갈퀴를 세워갔다. 기마에 올라앉아 상징이
된 선생들은, 뼈대가 흠씬 굵어 피부색이 달라도 전력前歷
을 안 따져도 대장말이 된 선생들은 뇌파를 교감하며 일
과만큼 진퇴를 가늠할 줄 알았지만, 아이들은 죽기 살기
로 우리편을 외치느라 속옷이 찢겨도 상관하지 않았다.

버려진 간식 봉지 하나가 내 앞에 굴러왔다.

내장까지 단물 빨려 쭈그러진 곰 한 마리가 그러나 유
독 내겐 눈을 부라리고 있었다. 황망했으나 어쩔 수가
없었다. 즐거운 식욕으로 각인된 상표에다 옛날 옛적 할
미들 얘기를 덧붙여 줄 권능이 내겐 없노라고 얼빠진 목
소리로 혼자 구시렁거릴밖에 도리가 없지만, 학습일지
에 필수로 자리 잡은 기마전이 해가 암만 바뀌어도 계속
되리란 건 알만도 했다.

소학교를 내려다보는 이 한적한 산 중턱에 내가 머물

시간이 얼마쯤일까 생각하다 문득 손주가 보고 싶어졌다.

손주는 아직 태어나지 않았다. 한 세상 건너 예까지 닿기에는 타령 같은 한 오백 년이 서너 번도 더 걸릴 모양이다.

손주는 지독한 독재자일 것이다. 산발에 소복한 나를 무릎 꿇려 석고대죄시켜 놓고, 까마득한 북녘으로 날아가 오래전에 잃어버린 제 친 할애비와 마주 앉아 서릿발 시린 잔을 석 달 열흘 들이킬 것이다.

그때 쯤 이 후미진 터에서 선생들은 추방되고 기마전은 끝나고 나는 또 참수된 세월의 모가지를 들고 터덜터덜, 진짜배기 기마전도가 걸려 있는 그 머나먼 나라를 찾아가느라 오라지게 고생깨나 하게 될 것이다.

그런 날, 이 세상의 지붕에는 오래 삭은 뼈마디마냥 새하얀 눈이 하염없이 내리기 시작할 것이다.

머나먼 나라
— 종손宗孫

종손을 버린 것은 내 탓이 아닙니다.
태어날 때 하느님의 배열 착오였거나
삼신할미 점지에 부정 탔던 때문인지 모릅니다.

울타리 너머 서쪽, 방긋대는 잡것에 얼이 빠져 유산을
싸들고 개구멍을 기어나가 천 년이 흠씬 넘도록 종살이
한 애비나, 해풍을 풍기며 기어든 꽃뱀이랑 불장난에 노
닥대다 안방도 족보도 다 태워 먹은 애비의 찌꺼기 얘기
는 전설로도 차마 남기지 못합니다.

종손으로 태어난 내가 종답도 선산도 물려받지 못한
내가 이름 석 자 적어 넣을 자리마저 알 수 없는 내가 유
령마냥 족보책 갈피를 떠돌다 세월을 안주 삼아 술이나
마시는 내가 작부마냥 희멀거니 다가앉는 월력을 마주
하고 월하독작이나 읊조리기도 하는 내가 눈덩이가 된
무덤들이 허공을 날아가는 헛것도 보다가 끝내는 만취
해 비틀거리는 그 속에 메아리로 떠돌기도 하는 천방지
축 내가

종손을 버린 것은 유전인지도 모릅니다

이따금 새벽 숙취가 중얼거리는 배신의 아름다움

애비도 그 귀신 태를 쓰고 나온 것들도 줄줄이

배신하고 떠난 것들은 세간의 별이 되었습니다.

가문을 버린 내가 별이 될 리는 없겠지만, 먼 훗날 손주에게

부관참시당하는 순간만은 잠시 반짝일지도 모른다는 생각

종손하고 바꿔먹은 그 생각 하나 남은 것만도 참 다행입니다.

머나먼 나라

— 미명未明

아직은 새벽이 아니다.

묵은 어둠을 둘러쓰고 나무들 선 채로 잠들어 있다. 곳곳의 마을에서 밤새 반짝이는 빛살에 시달려 혼미해진 잠을 누가 애달픈 눈길로 그저 바라보고 있다.

산자락을 점거한 몇 개인가 무덤들, 수십 년이 지나고 백 년이 지나도 삭지 않는 귀신들은 무시로 마을로 내려가 빨갛거나 파란 단장을 전등 빛에 뽐으며 지붕들을 움켜쥐곤 했다. 할렐루야, 창문들 은총 받은 단색의 눈알을 번뜩이며 막무가내 제 몸을 던져 끝날 줄 모르는 밤의 제전에 불쏘시개가 되어갔다.

이제 그만 잠들어라. 나무들은 잠결에도 이따금 중얼거리지만 해마다 새 단장으로 충전하는 무덤들은 저승으로 들어갈 만큼 아직 늙지 않은 것인지, 끈질기게 번성하는 무당들을 앞세워 집집에서 공양된 잠을 보양하고 영역을 넓혀갔다. 허물어진 유명幽冥의 경계 속으로 시간의 입자들이 빨려들고 굿판은 무시로 부활을 거듭

하고 모두의 뇌파에서 기억이 제거되어 갔다.

　틈틈이 나른 씨앗들 끝내 지각地殼을 열지 못하자 새들
도 지친 부리를 묻고 잠들어 있다. 새 숲이 사라지는 꿈
에 가위눌린 작은 몸을 붙들고 더불어 한기寒氣에 떠는
가지 끝 한밤을 어둠 너머 누가 괜찮다, 괜찮다 다독이
고 있지만, 그래 봤자 변두리 산기슭의 후미진 한 장일
뿐.

　마을 광장 잠시 휴식 중인 굿판이 우러러 비문碑文을
되새김질하며 솥단지를 끓이고 술잔을 돌리느라 와자지
껄하는 동안, 뒷켠에선 시궁창 냄새에 절은 밤이 하수구
를 타고 떠내려가고 있다. 영험한 주술에 압송된 불순한
파란 반점斑點들이 태어나지 못한 세상을 등진 채 합류해
가고 있고
　아무래도 아직은 새벽이 아니다. 아득한 산정山頂에서
허망한 목소리로 밤바람이 흩어진다.

머나먼 나라
— 새벽

새벽이 우두커니 머리맡에 앉아 있다
임차한 지상의 방에서 노숙하는 내게 남은
허름한 공간에 빌붙어 그도 또한 시한부의 노숙을 끝
내고
불을 켜자 기척 없이 문밖으로 사라진다. 미안한 일이
지만
한 개피 담배를 물고 공존불가共存不可 라는 말을 생각
한다.

나는 방금 깨어났다. 꿈에서는 누군가를 만났지만 얼
굴도 계보도 어렴풋해 그저 할배요, 라는 말만 입속에
맴돌았으나 발음이 되지 않았다. 측은한 듯 나를 오래
바라보던 그는 허공에 커다란 눈 하나로 남아, 동굴 같
은 동공 속으로 아장아장 걸어 들어갔다.
천지는 새하얀 눈밭이었다. 오래 묵은 묘비들이 연등
마냥 환하게 늘어선 그곳에 이르자 비로소 내 뼈마디에
육신肉身이 입혀졌다. 돌아서서 처음으로 내려다보는 사
방은 새벽을 둘러쓴 채 미명未明의 망망대해로 꼼지락대
고 있었다. 높고 하얀 산의 세계와 그 산의 손길을 기다

리는 일망무제 여린 물결, 문득 공존共存이란 말을 생각
다가 울컥 설움마냥 울음이 치밀었다.

　빨래를 해야 하는데 귀찮아 눈을 감는다.
　간밤 술병 속에 들어가 아귀마냥 벌름대며
　간간 까마득한 시간의 저편 골짜기를 헤매느라
　얼룩져 기다리는 내장에겐 미안한 일이지만
　불을 끄고 다시, 갈 데 없는 새벽을 들이기로 한다
　미아迷兒가 된 꿈 얘기 따위는 오래 묻어두기로 한다.

4부

겨울의 온도

　고장 난 벽시계가 걸려 있는 방 안의 온도는 내가 알
수 없지만
　눈구름마냥 희멀겋게 자판 위를 떠도는 손등은 언제나
　영하 5도거나 혹은 밑돌아서, 서릿발마냥 아래로 내려
선
　손가락에 무시로 냉기를 주입하곤 한다.
　하기사 냉피의 진원지는 심장, 원래부터였거나
　뱀들의 지혜를 익히면서 진화되어 왔겠지만
　몇 개피 담배의 갈망에도 끄떡없는 냉매들은
　잠자는 부호들을 끌어내 낯선 그림들을 조립하곤 한
다.
　거듭거듭 반복되는 작업에 길들여진 손등을 이따금
　술방울이 화냥기로 적셔주기도 하지만, 저도 이미 알
고 있듯
　심장이 따뜻한 것들은 무덤에 숨어 있지. 질료가 차울
수록
　황홀하게 빛나는 박수의 마법을 알고 있지.
　언 채로 조립되는 어느 한 부호에도
　물소리가 없는 건 순전히 겨울의 온도 때문이라고

몇 모금 연기는 자판 골을 더듬으며 투덜거리지만
흐릿한 그 기억이 온전한 물소리였는지, 무관하게
누군가의 지층을 흘러본 적 없는 밤이
고장 난 하느님의 온도계 아래서 너울거리고
바깥에는 하나같이 맨정신의 불을 켠 집들이
냉온冷溫을 가늠하는 마술에 몰입해 있다.

실명기失明記

빛이 나를 눈멀게 했다 눈부신 입자들의 환무幻舞
꿈을 따라 허공 너머 떠돌던 동공은 하얗게 바랜 뒤
늦게서야 돌아왔으나, 변두리 옛터는 이미 낯설 뿐이
었다.
　오래전 아이들의 손때를 지문으로 달고 섰던 샛문도
그 곁에서 삭아가는 시간의 먼지를 덮어쓴 채
동화 속 낱말들을 중얼대던 담쟁이 넝쿨도
보이지 않았다. 안개를 탓했으나 그 때문이 아니었다.
모두가 줄줄이 떠나버린 시야에는 잔영들만 남아
혼미한 색채로 헝클어져 허깨비마냥 일렁거렸다.
그럴밖에, 한 번도 내 심장은 열병에 떤 적 없으므로
혈관들의 바깥에서 받아들인 상처 따윈 없으므로
저마다 제 형상을 거두어 가든 무관한 일이었다.
원래였던 혼자로 어두워가는 시간, 그 곁을
아직도 그리움이 남은 것들이 물소리로 흘러가고
끝내 볼 수 없는 동공에 그 소리 슬픔으로 젖어온들
심장의 온도를 탓하기엔 이미 저문 날이었다.

여백餘白

어느 생의 흔적을 주워 물고 새들이 날아간 저녁

마당인지 화단인지 서 푼어치 넓이에 희멀건 속살을 내팽개친 씨방들이

내 잔에 채워지는 환각수의 양과 그걸 삼킨 쓸개가 뱉어내는 말들이

칠푼이 혹은 팔푼이일까 두런거리고 있다.

칠삭둥이는 남은 서 푼에 채워 받은 재주로 삼천리 땅을 쥐고 흔들었다는데

언제나 몇 푼 여백이 남는 내 잔에 채워져 오장육부에 수정된 그 무엇이

하느님 그냥 쓰다 버린 헛바람이었던지, 밤마다 하늘로 여는 이 작은 공간에는

별빛을 물고 기웃거릴 새 그림자 하나 비춰내질 못한다.

그 나무의 그늘

그 나무, 그늘이 생이었고 또한 죽음이었던
대물림한 밭둑 귀를 지키다 의식儀式 따위 없이
지천으로 풍요의 날 농담마냥 가볍게 지워져 버린.

해갈을 기다리던 막걸리나 그늘 아래 농부나
이야기도 이미 식어 한세월 동거자
밭뙈기마저도 그를 붙잡아 둘 수 없었다.

금속성의 톱날이 긴 날을 단번에 끝내버린 자리
처음도 끝도 없는 단 한 번 비밀의 방들이 열리고
쟁여둔 일지들이 우루루 새떼가 되어 날아간다.

호미에 녹물로 더께 붙은 땀방울들, 황소가 간간
민망한 듯 밭 갈자 굴러 보낸 처진 목 밑 요령 소리
보석마냥 반짝이는 것들은 모두가 작고 둥글었다.

따뜻한 나이테의 방에서 새들은 날았으나, 그 뒤편
앙다물듯 촘촘히 방벽 친 시간의 흔적들, 아뜩해라
추운 쪽을 버틴 저 결기가 그늘의 모태母胎였다니!

마지막 해체를 끝낸 자리, 잘게 떠는 햇살 아래
이랑들, 대팻날이 덧없는 굴곡을 걷어내고 나면
결 고운 무늬로 한 생의 그늘이 다시 돋을 것인지
잠시 쳐다보다 허접한 등판으로 이내 돌아눕는다.

성내리城內里

 성城이 사라진 지 천 년이 더 지나도 사람들은 글자 하나에 매달려 있었다.

 권세와 부富가 얼려 살던 그곳에 허접한 생生들의 하늘이던 그곳에, 산다는 건 대물림할 정기精氣를 배당받는 까닭인지 물귀에 송사리 돌듯 몰려들어 살았다.

 한정된 넓이의 희소가치가 빛나는 성내리는 셋방 전세 불문하고 달려드는 군상에게 가혹한 경쟁률을 칼질하는 성내리는 반짝이는 땅의 눈알인 양 불빛으로 지붕을 둘러 어둠마저 밀어내는 무소불위 성내리는 야금야금 변두리를 강간하여 든든한 혈맹 울타리를 넓혀가는 성내리는

 땅은 다 땅인데 몸 하나 뉘일 곳이 어디 여기뿐이더냐. 기어코 밀려난 외곽에 한 덩어리 저문 남루襤褸로 나앉아 지도를 펴는 순간 숨이 턱 막혀왔어. 조각난 땅마다 어김없이 저마다의 성城 하나씩을 움켜쥐고 있는 거야. 허접한 싸구려들 사방으로 부복시켜 여기가 중심이

라고 건들대는 동그라미. 세월의 곰팡내도 사대문도 틈
새도 완벽하게 다 지운 이 동그라미가

　빌어먹을, 귀신이 되어서나 가까스로 넘볼 수 있는 철
옹의 성城 경계라니!

바다로 가는 길

바다로 가는 길은 멀다.
등어리를 꼬치 펜 인력引力의 밧줄은 탄탄하여
탈출의 걸음을 내디딜 때마다 어김없이 몇 곱절
뒷걸음질로 나뒹굴어야 했다. 빌어먹을 시간의 덫.
야맹夜盲의 눈이 공정에서 퇴출되자 가까스로 풀려나
송신부送信符를 찾았으나 남았을 리 없었다.
장사치로 득실댈 뿐 주모酒母가 없는 주막
전파도 통신도 차단된 구석 자리 돌아앉은 술병 몇이
아무도 대답해줄 수 없는 길을 묻는 어둠에게
퇴출된 것들에도 급수가 있다 잔을 들어 부추긴다. 그
래 그래
기억 너머 환영幻影을 조롱하는 물방울에 타는 갈증을
처박고
죽고 싶어, 마녀마냥 중얼거리는 취기를 데리고 간 술
잔이
비늘들의 무덤에서 홰치는 치어들을 파닥이고, 파문
속에
비로소 나는 그 길의 끝을 만났다. 잠시 스쳐 지나갔
으나

포말이 하얗게 나를 부숴놓고 있었다. 아직은 주막이야

불현듯 밤바람이 싸대기를 날리고 불현듯 갈 데 없는 잠이

습관만큼 농도가 깊어가는 거품을 게워 물고 오늘 밤

한 번 더 퇴출되는 나를 위해 노숙路宿의 보따리를 뒤적이고

바다로 가는 길은 다시 하룻밤의 거리만큼 멀어지고 있다.

소리도所里島*

이제 더는 불러볼 이름 하나 없네.
난파된 꿈 조각마저 쓸고 가는 너울파도
그 천의 혓바닥에 골수까지 내발린 채
쓰리게 가슴에 사릴 눈물 한 방울 없네.
망연한 심사가 주는 고요와 평안을
까맣게 굳어버린 갯바위로 두르고
바라보는 어디나 막막 허공인 것을.
바람은 실없이 어디든 가자 재우치고
흐려진 눈길이 어느 뭍을 더 바라겠느냐
어쩌다 띄워보는 빠알간 동백 한 닢
울림도 소문도 없이 수평선 넘어가는데
홀로 지는 것이 어찌 꽃잎뿐이리
저문 날 저무는 것은 늘상 홀로인 것을.

* 소리도: 전남 여수 앞바다 끝자락에 있는 섬. 일명 연도鳶島.

철새

지금도 북녘 어느 산막山幕에는 고드름 얼겠다
엄동설한 졸음 겨운 눈꺼풀을 두들겨
호롱불 잘게 떠는 소리, 서릿발 매운 소리.

이슥한 밤 그 세상 찾아 철새들이 날아간다
따슨 날을 외려 벗는 불순한 저 날갯짓

마지막 거역인 양 남은 날을 봇짐 메고
잊혀사는 그 추녀 끝에 쇳소리로 박힐 듯이
빈자貧者의 점점 등불로 날아가는 저 결기를 보라.

현장現場

묵중한 바퀴에 눌려 배암이 죽었다
인연因緣 따윈 상관없이 몇 번인가
다시 낯선 무게들이 무심히 지나가고
일순의 작은 파장은 금세 지워졌다.
일그러진 구도 위를 배회하는
하찮은 영혼의 가벼운 승천을 위해
어둠 속 현장을 비는 밤새 씻었지만
앙다문 육신의 무게, 털어내진 못했다.
한 생명이 남겨놓은 미련 같은 각인 앞에
민망한 듯 아침 햇살 저만치 비켜섰고
하느님 이 빈자리 무엇으로 메울라나
바람 몇 줄 저들끼리 수런대며 지나간다.

역류逆流

내가 눈멀 때, 한 치 앞 허공에서
꽃망울이 벌까 떨어질까 망설이고 있을 때
그것이 무엇을 뜻하는지 볼 수조차 없을 때
추위에 떠는 것들 바깥에 가둬놓고 홀로
벽난로의 불 그림자에 포만해져 있을 때
꽃도 잎도 달지 못해 이름만 꽃나무인
그 나무 말라 죽어 몇 날치 장작일지
늘어진 생각이 식욕으로 번져갈 때

어디 먼 행성으로 외출 간 하느님
돌아올 기별이 영 아득할 때, 오래 비운 사이
잡넝쿨만 무성하여 시간의 공동묘지
귀기만 무법천지로 안개를 내뿜을 때

계절 한 폭 짜느라 새로 돋은 이파리들
피멍이 들도록 절체절명, 갈증하고 있을 때
굳세게도 공간을 버티는 눈먼 방 너머로
갈 데 없는 봄바람이 그저 스쳐 지나가고
무더위가 혹한의 예보를 들고 몰려오고 있을 때.

바둑이나 두자

바둑이나 두자
한밤중 일어나 벌레처럼 운다 한들
어느 별빛 머금어 풀잎 듣는 이슬일 수 있겠느냐.
한 번도 보석처럼 빛나보지 못한 흑백의 돌들은
속내를 열어줄 손길을 기다려 어둠 속에 있고
땅은 사각의 끝마다 금단의 낭떠러지를 품어
언제든 과유불급過猶不及, 금언을 읊고 있다.
바둑이나 두자, 입춘 지나 하늘에는
이름 모를 종자들을 마름하며 지상의 한 때
열리는 포석들을 설계하며 분주해 있겠지만
몇 개피 연기로 태워 흩는 내 시간의 입자들도
이 밤의 외진 어디나마 덧칠될지 모른다.
아무래도 허술하게 놓이는 돌들에게 미안하지만
연습의 되풀이가 한 판 생이 아니던가.
하늘의 손인 듯 낱낱의 운명을 맘대로 점지하며
부푸는 내 역모의 즐거움을 야금야금 갉아오는
어둠 저편 보이지 않는 누가 연신 히죽거리고
뜯기는 살점들의 상처는 무시로 뒹굴지만, 그래도
한 판 꿈이 끝난 뒤에 다시 남은 판이 있는 한 때.

이윽고 꿈도 다 끝나 빈방을 나서겠지만, 그 때까지
바둑이나 두자, 풀벌레가 울 듯 바람 같은 발음들을
엮고 또 허물면서 한밤을 눈 떠 있는 연습이나 하자.

세월歲月

한때는 그도 또한 누군가의 꿈이었으리.

찢겨진 바람 따라 냇물에 떠가는 꽃잎처럼

한 번 가면 다시는 돌아오지 않는 시간이여, 지금 여기

이름 없는 풀잎들 외로 서서 새 한 마리 바라느니

저문 서녘 하늘에 나부끼는 그 작은 몸짓에 매달려

애처로이 손짓하는 기억 먼 얼굴들, 그도 또한 그랬으리.

지나가면 그 뿐 누구의 꿈도 아닌 적멸의 바람결을 따라

무심히 불려가는 나뭇잎의 가벼움, 그래도 돌아보면

끝이 없는 흐름 속에 한 빛깔로 삭아가는 망각의 그림자

저만치서 그림자를 데리고 누가 또 뒤따라오고 있다.

산책散策

들판을 건너가면 그녀의 집이 있다.

얼어 죽은 것들과 얼어서도 죽지 못한 것들이
칼바람에 노출되어 한 무더기로 떨고 있는 풍경 속을
두더지마냥 겨들어가 산골짝 막바지에 이르자, 거기
그녀가 있었다. 지상에 흩어 감춘 神의 퍼즐 조각들을
찾아내 그림들을 맞추고 칠하느라 분주해 있었다.

집들이 떠난 자리, 왜 거기 그녀는 혼자 사는 것일까
하필이면 '이월二月에 죽은 목련나무'를 껴안고.
몇 발자국 같은데도 영 다가갈 수 없는 나무 위
꽃망울 망울 흔들어 보여주는 현란한 채색들에
취해, 내가 잠시 발을 헛딛는 사이
꽃불은 꺼지고 황당하게 나는 술시時에 잡혀 와 앉아
있다.

들판을 건너가면 그녀가 사는 집이 있을까

술잔이 열어주는 그 길 어디 무덤들의 세상, 속에

109

아이들이 있고 유난히 어울리는 한 여자아이가 있고

늙어버린 발성을 껴안고 무료하게 흔들리는 억새들이
있고

산책 뒤의 술은 왜 서러운가, 느닷없이 울고 싶은 것
인가

'공기의 대륙으로 날아가는 작은 새' 한 마리를 바라보
던

사람처럼, 그 비애로운 동공의 찰나처럼.

그 봄의 역설逆說

제길헐, 습관마냥 그렇고 그런 풀꽃 더미에 종알대는 새 소리 섞어 던져놓고 이것도 봄이라고 하느님 그래, 어디 가신가.

지겨워 어두워진 눈 데리고 산골짜기 옛터를 찾았건만 성주신 조왕신도 다 어디 갔는지, 하기사 걸터앉을 대들보도 부뚜막도 없으니 무슨 수로 남았것나.

앞전에 들른 산은 겨울 주막, 떡갈나무 굴참나무 너도 밤나무들이 짐 다 벗고 둘러앉아 여기저기 겨우 돋은 솔 씨더러 수고했다 서로가 잔을 들어 다독이고 있었어.

재선충에 말라 죽은 가지에 장식마냥 반짝이는 별 몇 알에 홀려 발돋움하는 내게 허깨비야 오래전에 흘려보낸 기억의 파편일 뿐이야 컬컬하게 일러주던 목소리도 잡넝쿨 잡색에 묻혀 사라져버렸어.

우라질 놈의 시간, 보고 싶은 것들은 좀 더 남겨두면 안 되나. 거듭거듭 순번을 바꿔가며 단색의 요술을 흔들어대는 거 말고, 가다가 한 번쯤은 바늘을 거꾸로 돌려 우수수 솔바람 소리가 사방을 쓸고 가는 거역의 섬광 같은 그런 거.

흠씬 굵어진 침엽 끝에 부서진 햇살이 함박눈처럼 깔깔대며 쏟아지는 날꺼정.

귀가歸家 길에 달라붙는 들판은 또 물을 잦아 올리고 있다. 뼈 빠지게 키워내고 걷어가고 서리나 둘러쓰는 지겨운 짓거리를 갈라 터진 몸으로 청승맞게 되풀이하기 위해.

투덜대며, 나도 다시 여전한 그 방으로 가고 있지 않나. 지금, 바로 이 시간이 아니면 하루가 왕창 어그러질 것마냥, 악의라곤 없는데도 무단주거침입을 극도로 경계해가면서, 제길헐.

겨울 산책

세모歲暮의 산기슭, 거기 누가 아직 남아 있다.

지척인 듯, 가물한 기억 저편 풍경소리인 듯
끝자락에 스러지는 막막한 슬픔 같은 언저리를 지나면서
언제나 통신불능의 추위에 움츠려야 했다. 눈발들은
제 지닌 세상 속에서만 포근한 부호로 흩날리고 있을 뿐.

야무진 낱알들이 모여 무더기로 쏟아내던
발성들은 어디 가고 고요만 남은 들판
수 없는 논두렁이 어지러운 범접불가 경계를 바라보며
대기 너머 어디론가 가버린 참새가 다시 보고 싶었지만
소유가 무시되는 그 작은 부리들의 따사로운 공존이
그리웠지만
알아듣지 못하는 산그늘의 말처럼 여운으로만 맴돌았다.

끝없이 되풀이하는 계절의 낡은 간이역 같은 이 길에
가버린 바람은 왜 다시 오지 않는 걸까, 어째서 시간은
저문 강물마냥 알 수 없는 저편으로 사라져만 가는 걸까.

아직 누가 남아 있는 저만치 산기슭을 뒤로 두고
적막한 추위 속의 한 점 온기, 목도리에 얼굴을 기댄 채
시간을 거슬러 걷듯 다만 혼자 되돌아간다.

절제된 따스함과 감동으로서의 모더니티
— 이상원의 시 세계

권 온(문학평론가)

1.

괴테Johann Wolfgang von Goethe에 따르면 "우리는 날마다 삶을 막 시작한 이의 마음으로 살아가야 한다Live each day as if your life had just begun." 독자들은 이를 매일매일 초심初心을 잃지 않으려고 노력하며 살아야 한다는 메시지로 이해할 수도 있겠다. 이상원의 다섯 번째 시집을 살피려는 우리의 심경 역시 크게 다르지 않을 테다.

시인은 첫 시집을 펴내는 마음으로, 어쩌면 처음 시인의 이름을 얻은 그 순간을 기억하면서 이번 시집을 독자들에게 전달하고 있을 게다. 그의 시에는 감정과 분위기가 있고, 기억과 시간이 있으며, 현대성과 알레고리가있다. 우리는 여기에서 「풍경—바탕화면」 「갈매기와 바다」 「겨울비」 「변두리—만남」 「성내리城內里」 「현장現場」 「겨울 산책」 등의 시편을 살피면서 절제된 따스함의 세계를 확인하고자 한다.

융Carl Gustav Jung에 의하면 다른 이들보다 많은 것을 아는 사람은 외로워질 수 있다If a man knows more than others, he becomes lonely. 융의 말에 동의할 수 있다면 일반인이 보기 힘든 것을 보고 느끼기 힘든 점을 느끼며 이를 포착하여 언어로 형상화하는 시인 역시 외로운 사람일 수 있겠다. 시인은 외로움이라는 상처를 견딘 후 시라는 이름의 빛나는 산물을 스스로에게 또 독자들에게 선물하는 것인지도 모른다. 이상원의 시집『변두리』는 위로와 치유가 어느 때보다 필요한 2021년의 우리 사회에 주어진 축복이다.

2.

바다는 갇혀 있다
몇 개인가 둘러서서 저를 붙든 섬들을 가두고 있다
사각의 틀이 다시 이 상극相剋을 가둔 진풍경, 다행이다
흘러가서 어디로 사라지지도 않고
넘쳐서 내 방을 침몰시킬 리도 없는 평화.
온전히 내 것인 양 전원을 켜면 거역 없이 다가와
다소곳이 저를 밝혀 기다리는 순종順從의 저 몸속
아무도 열 수 없는 은빛 치의 열락이 거기 있고

받아줄 리 없지만 무시로 유혹의 미늘을 흘리면서
　　물살에 비늘 쓸리는 소리, 마술에 드는 재미.
　　　　　　　　　　　　　　　—「풍경—바탕화면」 부분

　이상원은 '풍경'을 이야기한다. 시인은 '바다' 풍경에
주목한다. 그가 파악하는 바다 풍경은 매우 특별하다.
"갇혀 있다"나 "가두고 있다" 같은 동사, "사각의 틀"이
나 "전원" 같은 명사는 이 시의 풍경을 이해하는 데 도움
을 준다. 이상원이 여기에서 주목하는 풍경은 컴퓨터 바
탕화면에 위치한다. 시인이 그 풍경을 "진풍경"으로 이
해하는 것도 무리는 아니겠다. 그가 바라보는 바다 풍경
은 "흘러가서 어디로 사라지지도 않고/ 넘쳐서 내 방을
침몰시킬 리도 없는 평화"를 닮았다. 독자들은 시인이
"남몰래 가둔 세상 한 조각 속의 요요로운 한 때"에 공감
할 수 있다. "순종順從의" 공간으로서의 바다는 통제할 수
있는 공간이라는 점에서 매력적이다. 그런 까닭에 이곳
에서는 "열락"이나 "유혹" 또는 "마술"이 발생한다. 이상
원이 포착한 바탕화면 위의 풍경은 '현대성' 또는 '모더니
티modernity'를 구현할 수 있는 공간이다. 이제 바다는
'자연自然'과 '인공人工' 사이에서 자유롭게 움직인다.

　　갈매기가 외롭다고 노래한 건 시인詩人의 착각이었다. 애
　당초 그들은
　　부리나 깃털 색이 제각각였을 뿐 대기 너머 날아오르거나

합체된 탄주를 꿈꾸는 건 불가능한 일이었다. 목선木船에
서 흘리는
　한 조각 비린내에 떼거리로 내리꽂는 식탐의 덩어리일
뿐이었다.
　낯선 해변 어디든 영역을 넓히듯 알을 뿌리고
　그 위에 무심한 죽음의 재를 뿌리면서
　진화하는 눈과 부리로 바다의 속살을 간음하며 즐겁지만

　진정 쓸쓸한 건 바다일지도 몰라.
　보석 같은 포말로 자지러진 정념情念의 숨결이
　그 오랜 세월에도 끝내 되돌아와 누운 슬픔일지도 몰라.
　　　　　　　　　　　　　　　　　　─「갈매기와 바다」전문

　이상원이 주목하는 대상은 '갈매기와 바다'이다. 2연으
로 구성된 이 시는 각각의 연으로 나누어서 이해할 수
있다. 1연은 '갈매기' 위주로 전개되고, 2연은 '바다' 중심
으로 진행된다. 1연 첫 문장 곧 "갈매기가 외롭다고 노래
한 건 시인詩人의 착각이었다."는 이상원의 개성을 보여
주는 단초이다. 그는 갈매기의 감정을 외로움으로 치환
한 어떤 시인의 진단을 착각으로 규정하지만, 이상원은
기성의 관습을 무비판적으로 수용하지 않고 자신만의
새로운 관점을 제시한다. 그에 따르면 갈매기는 "식탐의
덩어리"로서 "어디든 영역을 넓히듯 알을 뿌리고" "무심
한 죽음의 재를 뿌리면서" "바다의 속살을 간음"한다.
'갈매기'가 가진 무분별하고 다소 폭력적인 남성상을 대

입해도 무방할 만큼 갈매기를 보는 시각이 새롭다.

2연은 이 시의 핵심이다. 시인이 집중하는 '바다'는 '쓸쓸함' 또는 '외로움'이라는 감정과 등가를 이룬다. 그는 '바다'에 내재하는 깊은 외로움 또는 진정한 쓸쓸함을 "보석 같은 포말로 자지러진 정념情念의 숨결"로 구체화한다. 이상원이 이해하는 쓸쓸하고 외로운 정념은 화려하게 빛난다는 점에서 특별하다. 시인은 외로움의 주체가 갈매기가 아닌 바다임을 밝히고 독자들에게 쓸쓸함이라는 이름의 감정, '슬픔'이라는 이름의 정념을 정직하게 마주할 것을 제안하는 중이다. 놀라운 일이 아닐 수 없다.

"얼빠진 주정마냥 뇌우가 일었다./ 겨울 새벽, 어수룩한 골목길이 잠시 흔들렸지만/ 아무도 내다보지 않자 이내 조용해졌다. 하늘의 민낯/ 바라볼 무엇도 없는 줄 이미 알고 있었으므로/ 창들은 견고한 얼음 틀이 되어 빗장을 내려 있었다./ 뇌우는 흩어져 푸념마당 토닥토닥 빗방울로 내리고/ 집들이 뿜어내는 이 지독한 냉기/(중략)/ 아무도 거기까지 데려다 주지 못한다. 아침이 다시 오고"(「겨울비」 부분). 이상원의 시를 읽는 것은 특유의 분위기와 마주하는 일이다. 시인의 작품에 내재하는 이러한 분위기를 예술 작품에서 느껴지는 고상하고 독특한 분위기 곧 'aura'로 이해할 수도 있겠다. 이 시의 분위기를 주도하는 핵심어로는 '뇌우' '겨울 새벽' '골목길' '빗방울' '냉기' '바람' '겨울비' '변두리' '빗소리' 등을 꼽을 수 있다. 이 작품의 시간적 배경은 '겨울 새벽'이고 공간적 배경은 '변두리' 또는 '골목길'이다. 여기에 '겨울비' 또는 '뇌우'가 더해지면서 독자들은 극심한 추위와 외로움에 노출된다. "집들이 뿜어내는 이 지독한 냉기"와 "허공으로 끝없이 절어 있는 냉기"는 이 시의 지배적인 인상을 형성한다. 여기에서 '냉기'는 '집들'과 '허공'이라는 무표정한 사물과 악수하며 극대화된다. 이는 "아무도 내다보지 않자 이내 조용해졌다."와 "아무도 거기까지 데려다주지 못한다."와 연결되면서 인간을 배제한다. 이는 작품의 'aura'를 결정적으로 규정하는 탁월한 선택이다.

한 사람을 만났다. 아득한 세월의 저편이
물음표를 던지듯 문득 꽃 하나 내밀었다.
이미 어두워져 알 수가 없는 내가
오래된 그 빛깔에 흔들리고 있었다. 슬픔이 일었다.

마를 대로 마른 기억의 골짜기 어디에서 느닷없이
꽃은 생겨난 것일까, 해맑은 목소리를 흔들어
변두리 빈터에 널린 적막을 들춰내는 것일까.

너무 멀리 떠나와 다시 갈 수 없는 고향마냥
한 줌씩의 상처를 안고 술병들이 사라진다.

—「변두리—만남」 부분

이번 시집의 중추를 담당하는 연작 '변두리'에 주목해야겠다. 이상원은 「변두리」 「변두리—장마비」 「변두리—만남」 「변두리—그 마을」 「변두리—봄 밤」 「변두리—새야」 등 여섯 편으로 구성된 '변두리' 연작을 제시하는데 여기에서는 「변두리—만남」을 살피기로 한다. 시적 화자 '나'는 "한 사람을 만났다." 어떤 이와의 '만남', 모든 사건은 바로 그 지점에서 출발한다. 누군가와의 만남은 "아득한 세월"이 밀물지는 일과 다르지 않다. "이미 어두워져 알 수가 없는", '나'에게 "꽃 하나"가 "오래된 그 빛깔"이 다가온다. 수십 년의 시간을 건너서 '나'의 "마를대로 마른 기억의 골짜기"에 갑작스레 나타난 '꽃'은, 또 "해맑은 목소리"는 단순한 '한 사람'을 넘어선다. 그것은 모든 삶이고 온 세상이다.

한 사람을 만났기에 '나'는 "너무 멀리 떠나와 다시 갈 수 없는 고향"을 생각한다. 한 사람을 만났기에 '나'는 "골목길"을 향해 "낡은 집을 더듬어 돌아"간다. "만남은 슬픔"이고 "밤은 이제 막 시작하는 중"이지만 '나'에게는 "기억"이라는 이름의 "꿈"이 남아있다. '나'는 "한 사람을 만났"고, "한 사람이 가"는 모습을 지켜보았지만, 앞으로도 '기억' 또는 '꿈'의 힘으로 계속 걸어갈 테다. 그것이 "변두리"라는 이름의 세상에서 '나'가 또 우리가 삶을 지속할 수 있는 방법이다. 이상원의 '변두리' 연작은 2020년 이후, 포스트 코로나 시대에 노출된 많은 이들에게 엄청난 힘을 북돋을 수 있는 시편임이 틀림없다.

성城이 사라진 지 천 년이 더 지나도 사람들은 글자 하나에 매달려 있었다.

권세와 부富가 얼려 살던 그곳에 허접한 생生들의 하늘이던 그곳에, 산다는 건 대물림할 정기精氣를 배당받는 까닭인지 물귀에 송사리 돌듯 몰려들어 살았다.

한정된 넓이의 희소가치가 빛나는 성내리는 셋방 전세 불문하고 달려드는 군상에게 가혹한 경쟁률을 칼질하는 성내리는 반짝이는 땅의 눈알인 양 불빛으로 지붕을 둘러 어둠마저 밀어내는 무소불위 성내리는 야금야금 변두리를 강간하여 든든한 혈맹 울타리를 넓혀가는 성내리는

(중략)

빌어먹을, 귀신이 되어서나 가까스로 넘볼 수 있는 철옹의 성城 경계라니!

— 「성내리城內里」 부분

우리나라에는 '성내리城內里'라는 이름의 지역이 여러 곳에 있다. '성내리'는 성城의 안쪽에 자리한 지역을 가리키는 표현으로 이해할 수 있다. 이상원의 시 「성내리城內里」는 대한민국의 특정 지역을 다루는 작품이 아니다. 시인이 바라보는 '성내리'는 카프카Franz Kafka의 '성Das Schloß'이 그러하듯이 어떤 관념에서 비롯된 장소 또는

공간일 수 있다. "성城이 사라진 지 천 년이 더 지나도 사람들은 글자 하나에 매달려 있었다."라는 1연의 진술을 읽은 독자들은 '글자 하나'에 주목하게 된다. 2연에 등장하는 '그곳'은 '글자 하나'의 정체일 수 있다. 3연에 이르면 '글자 하나'가 더욱 구체화된다. "한정된 넓이의 희소가치가 빛나는 성내리" 또는 "반짝이는 땅"이 그것이다.

'성내리'는 '천년'이 넘는 기간 동안 사람들이 원하고 있는 곳이다. 그곳은 "권세와 부富가" 가득한 '땅'으로서 '변두리'나 '외곽'과는 대비되는 장소이다. '성내리'는 누구나 원하는 곳이지만 아무나 갈 수는 없는 공간이다. 그곳을 원하는 '군상'은 너무나 많아서 "셋방 전세 불문하고 달겨"든다. "가혹한 경쟁률"에도 불구하고 많은 사람들이 '성내리' 입성을 욕망하는 이유는 무엇일까? '성내리'는 "허접한 싸구려들"과는 차원이 다른 '중심'이기 때문이다. '성내리'를 에워싸는 '동그라미'의 건들댐에도 불구하고 사람들은 그 동그라미 안으로 들어가기를 원한다. 이상원은 여기에서 독자들에게 질문하고 있는지도 모른다. 우리는 왜 "철옹의 성城"이라고 부를 수 있는 '성내리'를 고집하는가? 한편, 이 시는 부동산 광풍이 몰아친 2020년 한국사회에도 큰 울림을 줄 수 있는 거대한 알레고리allegory가 아닐 수 없다.

　　묵중한 바퀴에 눌려 배암이 죽었다/ 인연因緣 따윈 상관없이 몇 번인가/ 다시 낯선 무게들이 무심히 지나가고/ 일순의 작은 파장은 금세 지워졌다./ 일그러진 구도 위를 배회하는/ 하찮은 영혼의 가벼운 승천을 위해/ 어둠 속 현장을 비는 밤새 씻었지만/ 앙다문 육신의 무게, 털어내진 못했다./ 한 생명이 남겨놓은 미련 같은 각인 앞에/ 민망한 듯 아침 햇살 저만치 비켜섰고/ 하느님 이 빈자리 무엇으로 메울라나/ 바람 몇 줄 저들끼리 수런대며 지나간다.

—「현장現場」 전문

시인은 "묵중한 바퀴에 눌려 배암이 죽"은 '현장'을 포착하였다. 이상원은 이른바 '로드킬roadkill'을 목격한 것이다. 그는 이 시를 읽는 이들이 무엇을 얻기를 기대할까? 시인은 무엇보다도 '인연因緣' '영혼' '육신' '생명' '하느님' 등의 어휘를 제시함으로써 독자들에게 에스프레소espresso 같은 감동과 여운의 기회를 제공한다. 이상원이 아끼는 이와 같은 표현들은 '묵중한 바퀴' '낯선 무게들' 등의 어구와 대비된다. 시인은 냉혹한 현실에 희생된 "하찮은 영혼"을 위로한다. 그는 "작은 파장"이나 "일그러진 구도"에 놓인 "한 생명이 남겨놓은 미련 같은 각인"을 놓치지 않는다. 이상원은 미물微物에 불과할 수 있는 하찮은 존재의 죽음 앞에서도 경건하다. 그는 자신에게 다가온 생명을 인연이라는 따뜻한 말로 보듬을 줄 안다. 우리는 시인에게서 생명의 육신과 영혼을, 존재의 전부를 담는 온기溫氣를 발견할 수 있고 이는 기억할만한 행운이 된다.

세모歲暮의 산기슭, 거기 누가 아직 남아 있다.

(중략)

끝없이 되풀이하는 계절의 낡은 간이역 같은 이 길에
가버린 바람은 왜 다시 오지 않는 걸까, 어째서 시간은
저문 강물마냥 알 수 없는 저편으로 사라져만 가는 걸까.

아직 누가 남아 있는 저만치 산기슭을 뒤로 두고
적막한 추위 속의 한 점 온기, 목도리에 얼굴을 기댄 채
시간을 거슬러 걷듯 다만 혼자 되돌아간다.
　　　　　　　　　　　　　　　　—「겨울 산책」부분

　하나의 문장으로 이루어진 1연 곧 "세모歲暮의 산기슭,
거기 누가 아직 남아있다."를 읽는 순간 독자들은 이 시
에 빠져들 것이다. 이 문장은 완벽에 가깝다. 여기에는
시간이 있고 공간이 있으며 인물도 있다. 이상원은 이
시에서 '기억'과 '슬픔'과 '추위'를 소환하면서, '고요'와
'공존'과 '여운'으로 충만한 풍경을 그린다. "끝없이 되풀
이하는 계절의 낡은 간이역 같은 이 길"에 이르면 다시
시간과 공간이 소통한다. 무엇보다도 이어지는 진술 곧
"가버린 바람은 왜 다시 오지 않는 걸까, 어째서 시간은/
저문 강물마냥 알 수 없는 저편으로 사라져만 가는 걸
까."와 마주하는 순간 우리는 미묘한 감정의 회오리에
휩싸이지 않을 수 없다. 왜 바람은, 왜 시간은 한번 가면

되돌아오지 않는 걸까? 왜 인간의 삶은 일회적이어야만 하는가? 대답이 불가능한 질문 앞에서 절망하는 독자들에게 시인은 따스한 위로를 건넨다. "적막한 추위 속의 한 점 온기, 목도리에 얼굴을 기댄 채/ 시간을 거슬러 걷듯 다만 혼자 되돌아간다." 그래, 우리에게 주어진 길을 한번 걸어볼 일이다. 우리에게 주어진 삶을 한번 살아볼 일이다. 이상원의 시가 그러하듯이.

3.

이상원의 시집을 살펴었다. 시인은 「갈매기와 바다」에서 외로움, 쓸쓸함, 슬픔 등의 감정을 적확하게 구체화한다. 「겨울비」의 "아무도 내다보지 않자 이내 조용해졌다."와 "아무도 거기까지 데려다주지 못한다." 등의 진술은 인간을 배제함으로써 개성적이면서도 빛나는 'aura'를 발산한다. 이는 「풍경—바탕화면」에 이르러 '자연'과 '인공' 사이의 새로운 풍경을 형성하면서 '현대성' 또는 '모더니티'를 구현한다. 「변두리—만남」과 「겨울 산책」은 '시간'과 '기억'의 관계를, '시간'의 흐름과 '기억'의 힘을 형상화하고 「현장現場」은 독자들에게 감동과 여운을 경험할 드문 기회를 제공한다. 그리고 카프카의 성을 연상시키는 「성내리城內里」는 오늘날의 한국사회에도 깊은 울림을 줄 수 있는 치밀한 알레고리이다.

괴테에 의하면 "삶에서 중요한 것은 삶의 결과가 아닌 삶 자체이다What is important in life is life, and not the result of life." 어쩌면 우리는 괴테의 말에 공감하면서 다음과 같이 이어받을 수 있지 않을까? '시에서 중요한 것은 시의 결과가 아닌 시 자체이다.' 삶은 그 자체로 너무나 소중한 대상이고 시 역시 그러할 테다. 이상원의 시를 읽었다는 사실만으로도 독자들은 소중한 경험을 나눈 셈이다. 우리들의 삶이 더욱 뜨거워질 시간이 다가온다. 이상원의 시 세계 역시 다르지 않을 것이다.

황금알 시인선